KB047321

아주 오래된 시에서 찾아낸 삶의 해답

혼자라도 걱정 않는 삶

아주 오래된 시에서 찾아낸 삶의 해답

원철 지음

불광출판사

한 편의 시 속에서
절창은 한두 줄이었다


광화문광장에 있는 대규모 빌딩의 글판은 1991년 처음 선보였다. 처음에는 "도약-우리 모두 함께 뭉쳐 경제활력 다시 찾자"라는 일종의 '선동 구호' 같은 글로 시작했다. 그 시절에는 그런 언어가 동시대인에게 필요한 최고의 시어(詩語)였을 것이다. 하지만 시간이 흐르면서 차츰차츰 울림이 있는 글로 바뀌었다. 봄, 여름, 가을, 겨울을 알리는 서정성 짙은 몇 줄은 잔잔한 여운을 남기면서 읽는 이의 가슴을 따뜻하게 만든다. 올겨울엔 이런 글이 걸려 있다.

"발꿈치를 들어요
첫눈이 내려올 자리를 만들어요"

돌이켜보니 그동안 읽었던 시 한 편의 부피는 제각각이었다. 긴 시도 있고 짧은 시도 있었다. 그럼에도 한 편의 시 속에서 절창(絶唱: 가장 잘된 부분)은 결국 한두 줄이다. 나머지는 절창을 위한 수식어인 경우가 대부분이었다. 시간이 흐르면서 기억 속에는 그 한두 줄만 남기 마련이다. 그리고 그 한두 줄은 단순한 한두 줄이 아니라 그 시의 전부인 셈이다. 따라서 광장의 글판 역시 두 줄이면 충분했을 것이다.

절집에 살면서 한시(漢詩)나 선시(禪詩)를 읽으며 개인적으로 적지않은 위로를 받았다. '삘(feel)' 꽂힌 한두 줄은 꼭 메모를 남겼다. 한자를 사용하던 시대나 한글을 사용하던 시절이나 인간의 정(情)은 크게 다르지 않다는 것을 확인한 것이 소득이라면 소득이라 하겠다. 혼자 보기에 아까운 것들은 한글로 다듬었다. 원문과 한글을 나열한 뒤 이해를 돕기 위해 해설 삼아 이런저런 이야기를 더하여 글 한 편을 만들었다. 다행히 지면이 허락되어 연재할 수 있는 기회를 두 번씩이나 얻는 행운을 누렸다.

마감 날짜는 요술 글상자였다. 그래서 수많은 옛 시인과 선사들의 명품 한시를 나름의 기준으로 분류하고 진열했다. 하지만 전문(全文)이 아니라 공감력 높은 행(行)만 따로 가져오는 방식을 취했다. 시 한 편 가운데 고갱이는 어차피 한두 줄이 아니겠는가? 또 바쁜 세상을 살아야 하는 분주한 사람들에게 장문으로 된 한시 한 편을 전부 읽으라고 하는 것도 오히려 번뇌가 되는 시대인 까닭이다.

이 글의 절반은 경제신문에 '생각을 깨우는 한시'라는 이름으로 일주일에 한 편씩 6개월 썼던 것이다. 나머지 절반은 대우꿈동산의 후원을 받아 한겨레의 휴심정 코너에서 '선시 종가1080'이라는 큰제목 아래 한 달에 두 편씩 2년간 연재한 것이다. 시작할 때는 금방이라도 산을 뽑아버릴 듯한 기개로 시작했지만 횟수가 거듭될수록 힘에 부쳤다. 다행히도 '번아웃(burn out)'이 오기 직전에 두 신문의 연재를 무사히 마칠 수 있었다.

애송하는 시를 정리할 수 있는 좋은 기회를 마련해 주신 《한국경제신문》 서화동 님과 《한겨레신문》 조현 님께 감사인사를 드린다. 그리고 모자라는 글을 기쁜 마음으로 한 권의 책으로 묶어주신 불광출판사에도 고맙다는 말씀을 올린다.

2024년 새해를 시작하며
종로에서 원철

# 차례

1

사슴의 알, 바닷게의 꼬리

# 옛다리

돌다리 아래 물은 흐르지 않고
갈대 사이로 바람만 흘러가더라

# 측천무후가 백비(白碑)를 남긴 까닭은

名高不用鐫頑石
명 고 불 용 전 완 석

路上行人口是碑
노 상 행 인 구 시 비

이름이 높으면 돌덩이에 새길 필요가 없다.

오가는 사람들의 입이 바로 비석이다.

중국 선종의 시조인 달마 대사는 파격적인 인물이었다. 삶 자체가 기존 사상의 틀로는 설명이 어려운 격(格)을 뛰어넘는 대장부(大丈夫)였기 때문이다. 그의 평가에 대하여 이런저런 말들이 분분하자 강소(江蘇)성 진주(眞州) 장로산(長蘆山)에 머물고 있던 분(賁) 선사는 모든 '썰'을 일축하는 한마디 게송을 남겼다. 하긴 고착된 견해를 가진 인물들이 어찌 달마 대사에 대해 감히 이러쿵 저러쿵하며 입을 댈 수가 있겠는가. 차라리 그저 오가는 평범한 사람들의 상식에 맡기는 것이 훨씬 더 현명한 일이다.

명함을 모아두는 앨범을 꺼내서 찾고자 하는 인물을 확인했다. 손에 책 먼지를 묻힌 김에 마지막까지 한 장 한 장 넘기면서 샅샅이 살폈다. 일반적인 형식을 따라 제작한 명함이 대부분이다. 하지만 그 가운데 색깔을 넣거나 사진 혹은 캐리커처를 새긴 것도 있고 갖가지 이력을 앞뒤로 즐비하게 나열해 놓은 것도 있다. 그런데 흰 바탕에 자필로 전화번호와 이름만 달랑 기록된 명함이 나왔다. 오래전에 받아둔 것이라 기억마저 가물가물하다. 누굴까?

그 명함을 보니 백비(白碑)가 생각난다. '무자비(無字碑)' 혹은 '몰자비(沒字碑)'로 불리는, 글자를 새기지 않은 비석 말이다. 대부분 사람들은 비석을 세우지 말든지 세웠으면 글자를 제대로 새기든지 둘 중에 하나이어야 한다는 이분법에 익숙하다. 하지만 그런 고정적인 생각의 틀을 깨주는 백비는 그 자체로 또 다른 존재감을 과시했다. 백지 족자나 백지 답장처럼 많은 의미를 포함하고 있기 때문이다.

조선 중기 선비인 박수량(朴守良, 1491~1554) 묘소 앞의 비석은 어떤 글자도 새기지 않았던 까닭에 백비(전남 기념물 제198호. 장성군 황룡면 금호리 소재)라고 불린다. 청백리로 이름 높았던 그의 공적을 상징적으로 표현한 기념물이라 하겠다. 조정에서 참판, 판서 등으로 38년이나 근무했지만 자기 집 한 채 없었고, 죽은 후에는 장례 비용이 모자랄 정도였다. 게다가 유언마저도 청백리답다.

> "내가 외람되이 판서의 반열에 올랐으니 영광이 분수
> 에 넘쳤다. 내가 죽거든 절대로 묘비를 세우지 말라."

백비의 이유도 여러가지다. 정말 쓸 것이 없어 비워둔 경우도 있었던 모양이다. 중국 북경 인근의 명13릉(명나라 임금 13인의 무덤) 구역에 있는 만력제(萬曆帝) 신종(神宗, 1573~1620 재위)의 비석도 무자비로 유명하다. 스스로 "무위(無爲)의 도(道)로 나

라를 다스린다."고 여겼다. 측근조차 왕의 얼굴을 본 적이 없을 정도로 은둔으로 일관하면서 그야말로 아무것도 하지 않았다[無爲]고 한다. 백성들이 임금의 이름조차 몰랐다는 요순시대가 태평성대라고 오해 아닌 오해를 했던 모양이다. 결국 기록할 만한 업적이 없는 탓에 백비가 되었다는 믿거나 말거나 한 농담 같은 진담이 전해져 온다.

반대로 극과 극으로 평가가 난무했던 당나라 측천무후(則天武后, 624~705)의 비석도 몰자비인 백비다. 중국 역사상 유일한 여성 황제로 15년간 재위하면서 당(唐)이라는 국호를 주(周)로 바꿀 만큼 혁명적인 정치 행보를 밟았다. 유언은 자기 비석을 글자 없이 비워두라는 것이었다. 남자들이 지을 비문은 보나마나 여자인 자기에게 결코 후하지 않을 것이며, 또 제국을 위한 대인배 정치를 소인배들은 절대로 이해하지 못할 것이라는 염려 때문이었다고 한다. 물론 이 말의 진위여부는 확인할 수 없다. 말 만들기 좋아하는 호사가들의 뒷담화일 것이다. 어쨌거나 이후 섬서(산시陝西省)성 함양(셴양咸陽)에 있는 높이 8미터의 거대한 백비는 모든 백비의 대명사가 되다시피 했다.

비문을 채우든지 비우든지 그건 남은 자들의 몫이다. 하지만 그것을 자기 몫이라고 생각한다면 결국 자찬(自撰: 스스로 짓는 것)이 해답이다. 과대평가 혹은 평가절하를 막을 수 있는 유일한 방책이기 때문이다. 미국 제3대 대통령 토머스 제퍼슨(1743~1826)은 묘지명을 스스로 지었다. 대통령을 지냈지만 대통령 직도 별것(?) 아닌지라 넣지 않았고, 가족에게는 한 글자도 추가하지 말라고 당부했다.

> "미국 독립선언서의 기초자, 버지니아 종교 자유법의 제안자, 버지니아 대학의 아버지인 토마스 제퍼슨 여기에 잠들다."

거쳐간 자리가 아니라 추구하는 가치에 방점을 찍은 이력서라 하겠다. 자리 자체를 중요하게 여겼다면 벼슬 이름을 나열했을 것이다. 하지만 일을 하기 위한 자리였기에 직위가 아니라 일의 내용을 열거한 것이리라.

# 인물이 머물러야 명산이다

山不在高有仙則名
산 부 재 고 유 선 즉 명

水不在深有龍則靈
수 부 재 심 유 용 즉 령

산이 낮아도 신선이 산다면 명산이요

물이 얕아도 용이 머문다면 명천이다.

창덕궁 낙선재에는 아직도 조선왕실의 향기가 남아 있다. 1989년까지 영친왕 부부, 덕혜옹주 등 왕족의 후예들이 머무른 곳이다. 물론 몇몇 상궁과 나인도 함께 살았다. 현재 전하는 궁중음식은 당시 낙선재를 부지런히 드나든 요리연구가들의 발품과 땀의 결과라고 한다. 대부분의 궁궐은 빈집으로 바뀐 지 오래다. 하지만 낙선재 구역에는 여전히 왕가의 인기척이 느껴진다.

1960~1970년대 허름한 민가로 이뤄진 서울 성북동 북창마을도 마찬가지다. 동네 가운데 독립운동가요, 시인인 만해(萬海, 또는 卍海) 한용운 선사(韓龍雲, 1879~1944)가 만년에 머무르던 심우장(尋牛莊)이 그대로 남아 있다. 게다가 지금 살고 있는 주민들의 훈기까지 더해지면서 외지인의 발길을 부르는 도심의 명소로 탈바꿈했다.

명산고찰의 템플스테이와 전통 마을의 종가집을 찾는 것은 스님을 비롯한 '주인장'들이 대대로 그 공간을 지키고 있기 때문이다. 인공적 민속촌과 고궁의 관광으로만 채워지지 않는 온기를 머금었다. 집도 집이지만 결국 사람의 유무에 따른 차이라 하겠다. 인향만리(人香萬里)라고 했던가. 사람의 향기는 만리까지 퍼진다.

당나라 때 '시호(詩豪: 시의 대가)'로 불리던 유우석(劉禹錫,

772~842)은 안록산의 난 이후 안휘(안후이安徽)성 변방으로 좌천됐다. 직책은 통판(通判)이다. 난세에 감사(監査)라는 소임은 있으나마나 한 한직에 불과했다. 관사(官舍)는 초라하기 짝이 없었다. 그야말로 누실(陋室)이다. 그럼에도 "누추한 집이지만 덕의 향기로 감쌀 것(斯則陋室惟吾德馨)"이라고 장담했다. 「누실명(陋室銘)」을 통해 자신을 명산의 신선과 명천(名川)의 용에 비유하면서 스스로 위로했다. 물론 머무는 사람의 격에 따라 집의 격 역시 바뀌기 마련이지만.

# 사슴의 알, 바닷게의 꼬리

靑山影裡鹿抱卵
청 산 영 리 녹 포 란
白雲江邊蟹打尾
백 운 강 변 해 타 미

푸른 산의 그늘 속에서 사슴이 알을 품고
흰 구름의 강변에서 바닷게가 꼬리를 치네.

방랑시인 김삿갓의 본명은 김병연(金炳淵, 1807~1863)이다. 어떤 이는 김립(金笠)으로 불렸다. 본명보다 더 유명한 별명 덕분에 무덤이 있는 강원 영월군 하동면은 2009년 '김삿갓면'으로 개명했고 문학관까지 건립했다. 특히 이 작품은 오래전에 '허황된 시[虛荒詩]'라는 딱지가 붙은 상태였다. 하지만 세월이 바뀌면서 '오도송(悟道頌: 깨달음의 노래)'의 반열에 오를 만큼 대표작이 됐다.

젊은 시절 그는 열심히 과거시험 준비를 하던 모범생이었다. 그러나 노력 끝에 급제한 본인의 답안지가 숨겨진 가족사를 거칠게 비난한 내용이라는 사실을 알고서 번민하다가 결국 가출했다. 방랑을 통해 참회하면서 길[道]에서 숙식을 해결하다 보니 저절로 도(道: 인생 공부)가 닦였다. 어느 날 '범생이' 김병연과 반항아 김립이 결코 서로 다른 인물이 아니라는 사실을 깨달았다. '알을 낳는 사슴, 꼬리 달린 바닷게'라는 시로써 두 경계가 사라진 통섭의 경지를 유감없이 보여줬다. 반대로 일제강점기 효봉(曉峰, 1888~1966) 선사는 떠돌이가 아니라 붙박이로서 금강산 신계사 법기암 토굴에서 참선하다가 "바다 밑 제비집엔 사슴이 알을 품는(海底燕巢鹿抱卵)" 융합의 이치를 깨닫고서 봉해 놓은 무문관을 박차고 나왔다.

덧붙여 김삿갓은 "석양에 절로 돌아가는 승려는 상투가

석 자이고(夕陽歸僧衲三尺), 다락에서 베 짜는 여인은 불알이 한 말이네(樓上織女囊一斗)."라는 파격적 표현까지 맘껏 구사했다. 승속(僧俗)과 남녀(男女)라는 외형적 분별의 틀까지 뛰어넘은 것이다. 그로부터 몇백 년 후 가수 김광석(1964~1996)은 "남자처럼 머리깎은 여자 여자처럼 머리 긴 남자 (…) 번개소리에 기절하는 남자 천둥소리에 하품하는 여자"라는 쉬운 노랫말로써 난해한 한시의 이해를 도왔다. 사실 김삿갓이나 김광석은 장발족이지만 삭발한 스님네들의 삶과 별반 다를 바 없었다고 하겠다. 따라서 선가(禪家)에서 동안거(冬安居)를 마친 정월대보름날, 허황시를 오도송 삼아 읊조려도 해제(解制) 분위기에 그런 대로 어울리지 않겠는가.

혼자 살아도 두렵지 않고
세상과 떨어져도 걱정하지 않는다

僧乎莫道靑山好
승 호 막 도 청 산 호

山好何事更出山
산 호 하 사 갱 출 산

試看他日吾蹤跡
시 간 타 일 오 종 적

一入靑山更不還
일 입 청 산 갱 불 환

스님이여! 산이 좋다고 말하지 마소
산이 좋다면서 왜 다시 산을 나오시나.
뒷날 내 자취를 두고 보시오
한번 들어가면 다시는 나오지 않을테니.

최치원(崔致遠, 857~?) 선생은 대문호답게 경남 합천 가야산으로 입산하면서 다시는 세상으로 나오지 않겠다는 둔세시(遯世詩)를 남겼다. 둔세는 세상을 피해 달아났다는 뜻이다. '둔(遯, 달아날 둔)'이라는 흔하지 않은 어려운 글자를 처음 만난 곳은 가야산 홍류동 농산정 근처에 붉은 글씨로 새긴 '고운 최선생 둔세지(遯世地)'라는 비석이다. '둔(遯)'은 '둔(遁)'이라는 글자도 함께 사용한다.

은둔 방식에는 여러 가지 종류가 있다. 흔히 이은(吏隱)과 야은(野隱)으로 나눈다. 선생은 수도 서라벌의 중앙 관직을 마다하고 지방의 낮은 벼슬자리를 찾아 전전했다. 최소한의 자기 앞가림을 위한 것이라 하겠다. 이를 이은이라고 한다. 경남 함양군수로 재직할 때 홍수를 막기 위해 조성한 '상림'은 오늘까지 인근 주민들의 휴식처가 되고 있다. 하지만 결국 그 자리마저 내던지고 초야로 숨는 야은을 선택했다. 해운대, 지리산, 의성 고운사 등 전국 방방곡곡에 선생의 은둔과 관계되는 지명이 더러 남아 있다. 말년의 최후 은둔지는 가야산이다.

고려왕조가 문을 닫고 조선이 개국되면서 뜻 있는 많은 선비들이 벼슬을 버리고 숨을 곳을 찾아 다녔다. 고려 말 사은(四隱)으로 불리는 목은(牧隱) 이색(李穡, 1328~1396), 포은(圃隱) 정몽주(鄭夢周, 1337~1392), 야은(冶隱) 길재(吉再, 1353~1419), 도은(陶隱) 이숭인(李崇仁, 1347~1392) 선생 역시 은둔을 꿈꾸었다. 그리고 은자에게 어울리는 호(號)도 붙였다. 소나 치면서 살겠다는 목은, 밭 갈이 하며 살겠다는 포은, 대장간에서 호미 만들며 살겠다는 야은, 숨어서 도자기나 굽겠다는 도은이다.

당나라 시인 백낙천(白樂天, 772~846)은 은둔을 대은(大隱)·중은(中隱)·소은(小隱)으로 나누었다. 큰 은자[大隱]는 저잣거리에 숨고, 작은 은자[小隱]는 산 속으로 들어간다. 하지만 산 속은 너무 쓸쓸하고 시정(市井)은 지나치게 시끄럽다고도 했다. 도시는 번다하긴 하지만 익명성이 보장되는 장점이 있다. 익명은 곧 은둔과도 연결된다. 산에 숨는 것도 은둔이 되겠지만 도시에 숨는 것이 어찌 보면 더 철저한, 제대로 된 은둔이 될 수도 있겠다. 쫓기는 자가 시장통으로 달려와 사람들 속에 숨는 것은 영화에 자주 등장하는 장면이다. 모르는 사람끼리 모여 살면서 끝까지 서로 모르는 척 할 수만 있다면 서로가 서로에게 은둔처를 제공하는 셈이다.

대은과 소은이 있으면 중간 지대에 숨는 중은도 있어야 한다. 은둔인 듯 은둔 아닌 듯한 은둔을 말한다. 짐작컨대 중은은 최치원처럼 낮은 관직 속으로 은거하는 이은이라 하겠다. 한직에 있으면서도 그 자리에 만족하며, 마음의 여유를 가치 있게 생각하면서 정신적으로 은거하는 것을 말한다.

'워라벨('work and life balance'의 줄임말. 일과 휴식의 조화)' 직장을 선호하는 이즈음의 세태 역시 꼰대 세대의 눈에는 '중은'의 또 다른 모습으로 보인다.

어쨌거나 대은과 중은과 소은을 가리지 않고 은둔을 제대로 하려면 자기만의 내공이 있어야 한다. 은둔의 고수가 되려면 자기정체성이 분명해야 하기 때문이다. 독락(獨樂: 혼자서 즐김)할 수 없다면 은둔자로서 이미 자격 미달이다. 제대로 된 은둔을 위해선 나름의 좌우명이 필요하다. 『주역(周易)』'택풍대과(澤風大過)' 괘에 나오는 여덟 글자는 많은 은둔자들을 공감케 한 명구(名句)다.

독립불구(獨立不懼)
둔세무민(遯世無悶)

혼자 있어도 두렵지 않고
세상과 떨어져 있어도 근심이 없다.

조선 시대 이윤영(李胤永, 1714~1759) 선생은 충북 단양에 5년 동안 은거하면서 이 말이 당신에게 얼마나 위로가 되었던지 사인암(舍人巖) 삼성각(三聖閣) 주변 바위에 이 글귀를 새겨두었다고 전한다.

　어떠한 두려움도 갖지 말고 홀로 우뚝 설 것이며 세상에
나가지 않고 숨어 있어도 번민하지 말라는 "독립불구 둔세무
민"을 21세기에 좌우명으로 실천하고 있는 이가 조용헌 선생
이라 하겠다. 어디에도 소속되지 않고 얽매여 살지 않기 때문
에 자기 할 말은 분명하게 할 수 있는, 이 시대의 진정한 논객
이라고 자부하는 인물이다. '주필'이 아니라 '객필'로서 매주
일간지에 칼럼을 올린다. 벌써 그 세월이 엄청나게 흘렀다. 참
고 서적 없이 스스로 발품을 팔아 현지에서 건져 올린 '날것'
으로 원고를 메운다. 이번 주에는 또 어디에서 누구를 만나 어
떤 말씀을 들었나. 월요일 아침이면 그것부터 챙겨 읽는 글 팬
이 되었다.

# 이 일 저 일 떠들어대느냐?

驢事未了馬事來
여 사 미 료 마 사 래
鐘聲纔斷鼓聲催
종 성 재 단 고 성 최

이 일 마치기도 전에 저 일 달려오고

종소리 끊기자마자 북소리 재촉하네.

지은이는 송나라 법천(法泉, 생몰연대 미상) 선사로 고향은 호남(후난湖南)성 수주(쑤이저우隨州)이며 시(時)씨 집안 출신이다. 선종의 한 갈래인 운문종(雲門宗)으로 출가했으며 법호는 불혜(佛慧)다. '만권(萬卷) 스님'이란 별명이 붙을 만큼 방대한 독서량을 자랑한다. 그보다 앞선 당나라 시대에도 '만권 거사'가 있었다. 상서(장시江西)성 강주(장저우江州) 땅 행정 책임자인 자사(刺史) 벼슬을 지낸 이발(李渤, 773~831)의 별호다. '만권'이란 독서량이 만만찮은 이에게 붙여주는 칭송인 셈이다.

어쨌거나 사바세계는 한 가지 일이 해결되기도 전에 또 다른 일이 겹쳐지기 마련이다. 중국에서는 세상의 갖가지 일을 '나귀 일[驢事] 말 일[馬事]'이라고 했다. 주변에서 흔히 볼 수 있는 짐승이 당나귀와 말이었기 때문이다. 조선이라면 '개 일[犬事] 소 일[牛事]'이라고 했으려나. 광장에 수십만 대중이 모여 한 목소리를 내더라도 각자 셈법을 따르기 마련이다. 한편에서 옳고 그름[是非] 때문에 나섰는데, 다른 한쪽에선 손익(損益) 계산법에 따라 끼어들기를 하기 때문이다. 시비를 가리기도 전에 손익 문제가 겹쳐지니 세상은 늘 시끄럽다.

매일 북소리와 이어지는 종소리를 듣는 절집이기에 종과 북이라는 비유가 자연스럽게 한시 속에 녹아들었다. 정원이 아름다운 곳에 살던 양무위(楊無爲)는 "이 일 마치기도 전에 저

일 달려오고(驢事未了馬事來), 꽃 한 송이 지려는데 또 한 송이 피어난다(一花欲謝一花開)."고 서정적으로 묘사했다. 꽃이라는 수식어로 꾸미긴 했지만 실제 내용은 별반 다를 게 없다.

현사 사비(玄沙師備, 835~908) 선사가 초경원(招慶院)에 머물던 어떤 스님에게 물었다. "너는 어째서 이 일 저 일 떠들어 대느냐(作生說驢事馬事)?" 그러자 그 스님이 이렇게 답했다. "바로 고향의 일이기 때문입니다(也只是桑梓)."

그렇다. 살고 있는 나라가 바로 고향[桑梓之鄉]이다. 고향 일에 누군들 무심할 수 있으랴.

도화꽃 핀 곳이라면 어디라도 신선세계로다

桃花流水杳然去
도 화 유 수 묘 연 거
別有天地非人間
별 유 천 지 비 인 간

물을 따라 복사꽃은 아득히 흘러가는데
별천지가 있으니 인간세계가 아니구나.

도연명(陶淵明, 365~427. 본명 도잠陶潛)의 「도화원기(桃花源記)」에서 비롯된 중국적 유토피아는 호남(후난湖南)성의 무릉도원(武陵桃源)이다. 진대(秦代)의 전란을 피해 온 사람들이 몇백 년이라는 시간조차 잊은 채 그대로 살고 있는 만수동(萬壽洞)으로 복사꽃이 만발한 신선 세계였다고 묘사한다. 『삼국지』에 나오는 유비·관우·장비가 의형제를 맺고서 좋은 세상을 만들자고 맹세한 도원결의(桃園結義)의 현장도 복사꽃이 가득 핀 동산이다. 어쨌거나 이상향(理想鄕)의 기본 무대를 복사꽃 핀 곳으로 상정하던 시절이었다.

이태백(李太白, 701~762. 본명 이백李伯)은 이를 배경으로 「산중문답(山中問答)」이란 시를 썼다. 흐르는 계곡물에 복사꽃이 가득 떠내려오는 무릉도원을 빌려와 자기가 머무는 자리를 별천지[別有天地]라고 불렀다. 인간 세계라고 할 수 없는[非人間], 즉 신선 세계라는 것이다. 하긴 별천지란 별것 아니다. 바로 꽃천지다.

경남 합천 가야산 남쪽 계곡은 봄날 떨어진 진달래 꽃잎이 붉게 흘러 홍류동(紅流洞)이라고 칭한다. 또 만수동(萬壽洞)이라고도 불렀다. 불로(不老)의 신선을 꿈꾸던 은자들의 흔적이 여기저기 남아 있다. 심심풀이 삼아 십리계곡을 열아홉 구역으로 나누고 명소마다 운치 있는 이름표까지 달아놓았다.

그런데 진입부의 1, 2, 3번을 모두 무릉도원과 관련된 명칭을 부여했다.

제1경은 멱도원(覓桃源)이다. 무릉도원이 시작되는 자리다. 제2경 축화천(逐花川)이 바로 나타난다. 조선의 김종직(金宗直, 1431~1492)은 "떨어진 붉은 꽃잎 끝없이 물결 따라 흘러오네(落紅無數逐波來)."라고 노래했다. 제3경은 무릉교(武陵橋)다. 이 다리에서 서산(西山, 1502~1604) 대사는 "꽃잎이 날리니 계곡 양편에는 봄이 가득하고⋯ 태반이 신선이구나(花飛兩岸春⋯太半是仙人)."라고 읊었다. 그렇다면 입구가 바로 무릉계곡 전체와 다름없으니 더 이상 들어갈 필요조차 없다는 말이 된다. 하긴 이 봄날, 꽃피는 곳이라면 어딘들 무릉도원이 아니랴.

금은 불에 들어가는 걸
두려워하지 않는다


金不博金
금 불 박 금

水不洗水
수 불 세 수


금으로 금을 바꿀 필요가 없고
물은 물로서 씻을 필요가 없다.

『천노금강경주(川老金剛經註)』라고 이름 붙였다. 천노(川老, 야보도천)가 동재 도겸(東齋道謙) 선사 문하에 있을 때 승가와 재가를 막론하고 몰려와서 『금강경』에 대해 질문하니 송(頌)으로써 대답한 100여 구(句)를 모은 것이다. 이 선시는 『금강경』제6「정신희유분(正信希有分: 바른 믿음은 흔치 않다는 의미)」가운데 "법 아니라는 것도 취할 것이 못 되지만 또 법이라는 것도 취할 게 못 된다(不應取法 不應取非法)."는 것을 묻자 대답한 게송이다. 법(法)도, 비법(非法)도 상대적인 것이므로 법이라는 것도 비법이라는 것도 모두 벗어났을 때 비로소 그게 '찐' 법이라는 의미이다. 유사 이래 지금까지 진리라고 믿고 있는 것에 집착하다가 결국 그 진리에 밟혀 죽는 이가 얼마나 많았던가.

야보(冶父) 선사는 군(軍)에서 궁수(弓手: 활 쏘는 소임)로 근무했다. 어느 날 도겸 선사를 찾아가 참선에 몰두하다가 본의 아니게 '소임지 이탈'이라는 죄를 범하게 되었다. 잡혀와서 곤장을 맞는 순간 크게 느낀 바가 있어 사직하고 출가했다. 속명은 적삼(狄三)이다. 적(狄)은 북방 유목민을 얕잡아 부르는 말이다. 즉 '유목민 같은 놈'이라는 의미일 수도 있겠다. 본관이 곤산(崑山: 곤륜산맥)이니 유목민의 후예일 것이다. 도겸 스님은 도천(道川)이란 법명을 내리면서 "천(川)은 곧 삼(三)이다. 열심히 수행하면 도(道)가 시냇물처럼 늘어나 도천이 되겠지만 만약 게으름을 피우면 그대로 드러누운 오랑캐 같은 적삼이 될 것이다."라고 당부했다. 열심히 수행하여 뒷날 안휘(안후이安徽)성 야보산 실제선원(實際禪院) 조실로 추대되었다. 송나라 임제종 승려였지만 생몰연대는 자세하지 않다. 하지만 남긴 게송은 선시(禪詩)의 금자탑이다. 또 선시 작가 가운데 최고봉이라 하겠다.

중국 운남(윈난雲南)성 호도협(虎逃峽: 호랑이가 뛰어서 건널 수 있을 정도로 좁은 협곡) 사이를 흐르는 강 이름은 금사강(金沙江)이다. 호도협이라는 이름이 남성적이라면 금사강은 여성적이라 하겠다. 양(陽)과 음(陰)의 조화가 어우러진 중도(中道)의 이상적 공간은 옛적에는 차마고도의 마방들이, 그리고 현재는 트래킹을 좋아하는 무리들의 길이 되었다. 여강(리장麗江) 고성(古城) 시가지에 펄럭이는 민속 공연장의 광고 깃발은 '여수금사(麗水金沙)'였다. 여수(麗水: 맑은 물)가 음이라면 금사(金沙: 금모래)는 양이 된다. 상류의 금사는 음이 되었다가 하류의 금사는 다시 양이 되었다. 이렇게 음과 양은 언제나 변할 수 있는 상대적인 것이다. 그렇다고 해서 상류의 금사와 하류의 금사가 다른 것도 아니다. 주변의 조건이 어떻게 바뀌느냐 따라서 자기 색깔도 함께 바뀌는 것이다.

화엄종의 완성자인 당나라 현수 법장(賢首法藏, 643~712)

은 측천무후에게 이런 관계성에 대하여 '금사자는 절도범에게 사자의 형상은 보이지 않고 오직 금으로만 보인다. 조각가 등 예술가에게는 금은 보이지 않고 오직 사자의 예술적 완성도만 보인다'라는 금사자 비유로 쉽게 잘 설명했다. 발굴지에서 사리(舍利)는 보이지 않고 사리함만 보이는 고고학자와 사리함은 보이지 않고 오직 사리만 궁금한 종교인과 비슷한 경우라고 하겠다. 금은 자기를 고집하지 않는다. 금거북도 되고 금돼지도 되고 행운의 열쇠도 된다. 그럼에도 불구하고 사람들은 그런 형상을 통해서 금의 존재를 인지하게 된다. 그리고 금은 광산에서 고체 상태로만 나타나는 것이 아니다. 물에서 사금으로 채취할 때는 고체라기보다는 액체에 가깝다 하겠다. 못 쓰는 컴퓨터 등 전자 제품에서 금을 추출하기도 한다. 금광이 따로 있는 것이 아니라 금이 나오는 곳은 모두 금광이라고 하겠다.

석두 희천(石頭希遷, 700~790) 선사는 진금포(眞金鋪)를 지향했다. 하지만 금괴만을 취급하는 명품 가게에는 손님이 별로 없었다. 순일무잡(純一無雜)한 고고한 선풍은 본래 대중적일 수 없는 일이다. 근본주의로 선종의 원칙을 제시하는 것으로 만족했다. 마조 도일(馬祖道一, 709~788) 선사는 잡화포(雜貨鋪)를 표방했다. 순금뿐만 아니라 금박, 금가루, 심지어 도금용

가짜 금까지 팔았다. 그래서 늘 사람이 끊어지지 않았다. 많은 방편이 함께 했기 때문이다. 뒷날 마조의 제자들이 중국 선종 계의 주류가 된다.

도반이 아끼는 다기가 깨져 수리를 했다면서 차를 다려 내놓는다. 깨진 곳을 감쪽같이 떼운 것인 줄 알았는데 그게 아니었다. 틈새를 금으로 메운 것이다. 금이 숨어 있는 것이 아니라 보란 듯이 자기를 드러내면서 금과 도자기가 잘 어우러지는 묘한 광경을 연출했다. 킨츠기(金繼ぎ)라고 했다. 그릇의 부서진 부분을 금을 이용하여 접착시키고 원래 그릇보다 훨씬 더 멋진 그릇으로 재탄생시키는 일이다. 이 역시 금이 "나는 금이다."라고 하는 고유성에 집착하지 않기 때문에 가능한 일이다.
　진금불파화련(眞金不怕火煉)이라고 했던가. 진짜 금은 불속 단련을 두려워하지 않는다. 언제든지 바뀔 수 있다는 것을 알기 때문이다.

# 첫사랑을 그리워하며

坐中花園 瞻彼夭葉
좌 중 화 원 첨 피 요 엽

兮兮美色 云何來矣
혜 혜 미 색 운 하 내 의

꽃밭에 앉아 꽃잎을 쳐다본다.
아름다운 색깔은 어디에서 왔을까?

조선 시대 언보(彦甫) 최한경(崔漢卿) 선비가 고향 처녀를 연모하며 지은 연작시 중 1절의 시작 부분이다. 자기 문집인 『반중일기(泮中日記)』에 실려 있다. 그는 이조참판과 강원도 관찰사 등을 지냈다. 공직에 있을 때도 바람기로 인해 파직과 복직 과정을 거친 이력의 소유자다. 하지만 이 글은 벼슬길에 진출하기 전 순수하고 풋풋하던 성균관 유생 시절에 쓴 작품이다. 2절은 "동산에 누워 멀리 하늘을 쳐다본다(臥彼東山 觀望其天). 맑고 푸른 빛깔은 어디에서 왔을까?(明兮青兮 云何來矣)"라는 반복의 틀을 지켰다. 외우기 쉬운 것이 좋은 시의 기본이기 때문이다.

32개의 글자 조합으로 미뤄보건대 연시의 주인공인 박씨 낭자[朴小姐]는 꽃의 아름다움과 가을 하늘의 맑음을 두루 갖춘 미인이었던 모양이다. 전체 내용은 남녀상열지사(男女相悅之詞)임에도 불구하고 각 절 시작 부분의 '꽃 그리고 하늘의 아름다운 색은 어디에서 왔을까?'라는 의문을 통해 그의 사색 깊이 또한 만만찮음을 보여준다.

아름다움이 무엇인지 정의할 능력은 없다. 다만 여러 가지 요소가 균형 있게 합쳐진 것일 거라고 짐작할 뿐이다. 그래도 한마디 보탤 수는 있다. 거기에는 시간적인 요소도 포함된다고. 찰나에 사라지기 때문에 아름다운 법이라고. 구름 한 점

없는 하늘은 가을 내내 보는 것이 아니라 어쩌다 만날 수 있는 귀한 풍광이다. 가을 국화의 아름다움도 한순간이며 젊음 역시 잠깐이다. 영원하지 않기 때문에 더 아름답다. 사라지면 아쉽다. 그래서 반문한다. "어디로 갔을까?" 의문은 또 이어진다. 그렇다면 "어디에서 왔을까?" 곰곰이 생각해 볼 일이다. 그대로 화두가 된다.

송나라 설두 중현(雪竇重顯, 980~1052) 선사는 최한경의 32자를 여덟 자로 줄여내는 내공을 이미 유감없이 발휘했다.

우종하래(雨從何來)
풍작하색(風作何色)

비는 어디에서 왔으며,
바람은 어떤 빛깔일까?

# 일곱 걸음을 걸으면서 시를 남기다

天上天下唯我獨尊
천 상 천 하 유 아 독 존
三界皆苦我當安之
삼 계 개 고 아 당 안 지

천상천하에 오직 나 홀로 존귀하니
세상의 괴로움을 편안케 하리라.

아기 붓다(Buddha, 석가모니)가 태어난 즉시 일곱 걸음[七步] 후에 외쳤다는 육성이다. 뒷날 시로 문자화된다. 왜 하필 일곱 걸음일까? 2,600년 전 인도에서 '일곱'은 어떤 의미일까?

탁발도 칠가식(七家食)이다. 일곱 집을 순서대로 밥을 빌었다. 그래서 인심이 고약한 집도 건너뛸 수가 없다. 아무튼 일곱을 고수했다. 당시에는 7진법을 한 단위로 삼았다는 현대식(?) 설명이 뒤따랐다. 당나라 때 관계 지한(灌溪志閑, ?~896)은 일곱 걸음 후 선 채로 임종했다고 최초의 금속활자본 『직지(直指)』는 기록하고 있다. 붓다는 일곱 걸음 후에 2행 16글자를 남겼지만, 지한 선사는 생을 마감하는 일곱 걸음 후에 한 마디도 남기지 않았다.

일곱 걸음을 어떻게 하느냐에 따라 죽을 수도 있고 살 수도 있다. 위진남북조 시대 조조(曹操, 155~220)의 후계자는 조비(曹조, 187~226)와 조식(曹植, 192~232)이었다. 두 사람의 권력 갈등 속에서 형(조비)은 동생(조식)에게 생사(生死)를 담보로 시를 지으라는 명령을 내렸다. 단 일곱 걸음 안에 끝내야 한다는 조건을 제시했다.

자두연두기(煮豆燃頭萁)

두재부중읍(豆在釜中泣)

본시동근생(本是同根生)

상전하태급(相煎何太急)


콩대를 때서 콩을 삶으니

솥 속의 콩은 울고 있다.

본래 한 뿌리에서 나왔건만

어찌 이리도 급하게 삶아대느뇨.


권력이란 형제간에도 나눌 수 없는 영역이다. 하지만 시 한 편은 사람의 마음을 바꿀 수 있는 힘을 가졌기에 형은 반성의 눈물을 흘렸다. 하늘 아래 쫓기지 않는 명문이란 없다고 했던가. 훗날 '칠보시(七步詩)'라는 이름을 붙였다.

붓다의 탄생게(誕生偈)가 '칠보시'의 원조다. 모든 이의 괴로움을 없애려는 노력과 공덕을 찬탄하기 위해 '부처님오신날' 집집마다 골목마다 연등을 내걸었다. 신라 이후 1,700년의 전통을 지닌 무형문화재 '연등회'의 시작을 알리는 점등식이 서울 광화문광장에서 열린다.

어떤 고난이든
내 기쁨의 계기로 삼는다네

九死南荒吾不悔
구 사 남 황 오 불 회
玆遊奇絶冠平生
자 유 기 절 관 평 생

황량한 남방에서 아홉 번을 죽어도 후회 않고
기이한 절경을 유람하니 내 인생의 최고라네.

송나라 소동파(蘇東坡, 1036~1101)는 사천(쓰촨四川)성 미산(眉山) 출신이다. 인근에는 보현보살 성지로 유명한 아미산이 있다. 섬서(산시陝西)성 오대산 문수 성지, 안휘(안후이安徽)성 구화산 지장 성지, 절강(저장浙江)성 낙가산 관음 성지와 함께 4대 성지로 불리는 지역이다. 예나 지금이나 동남서북에서 참배 행렬이 끊이지 않는다. 미산에서 멀지 않은 곳에 세계 제일의 석각 좌불상으로 알려진 낙산대불(樂山大佛)이 있다. 세 개의 강물이 합류하는지라 홍수 방지를 기원하는 기도처로 당나라 때 조성한 것이다. 아미산과 더불어 세계문화유산으로 지정되었다. 최초의 목판 대장경인 개보대장경(開寶大藏經 · 蜀板)은 익주(益州. 현재 성도成都)에서 완성되었다. 일찍이 이런 종교적인 분위기에 노출된 주변 문화는 소동파가 뒷날 많은 선승들과 교유할 수 있는 바탕이 되었고, 또 관료로서 정치적인 낭패를 당할 때마다 수행을 통해 어려움을 극복할 수 있었다.

소동파는 1097년 63살이 되던 해에 담주(단저우儋州)로 유배를 갔다. 담주는 지금 해남도(海南島), 즉 하이난섬이다. 지금은 유명 관광지이지만 당시 중국 본토에서 가장 멀리 떨어진 황량한 섬이었다. 구성원 대다수는 원주민이며 대륙 방향인 섬 북쪽에만 한족들이 일부 거주했다. 여느 유배지 섬처럼 먹는 것의 질은 거칠고 양은 부족하며 병에 걸려도 약이 없고

밖에 나가도 벗이 없으며 겨울에는 땔감이 부족하다고 묘사되던 지역이었다. 당신으로서는 황주(황저우黃州)와 혜주(후이저우惠州)에 이어 세 번째로 열악한 유배지였다. 환갑과 진갑을 넘긴 노인네인지라 자손들은 이번 이별이 곧 사별이 될 것이라고 하면서 모두 통곡하였다. 하지만 당사자인 당신은 오히려 담담하게「유월 이십 일 바다를 건너다(六月二十日夜渡海)」라는 시까지 남겼다. 설사 죽는다고 해도 여한이 없으며 오히려 절경을 감상할 수 있는 좋은 기회라며 최고의 인생기라고 노래했다.

섬이라는 유배 지역에서 살다 보면 두 번 울게 된다고 한다. 들어갈 때는 신세를 한탄하면서 자신에 대한 연민으로 처량해서 울고, 나올 때는 이웃과 정이 들어 떠나기 싫어서 운다고 했다. 소동파 역시 그랬다. 자기 고향은 사천성이 아니라 오히려 해남도라고 말할 정도였다. 유배가 풀려 지역 주민과 헤어지면서 "나는 본시 해남도 사람인데(我本海南民) 서촉주에 잠시 얹혀 살았다네(寄生西蜀州)."라고 하면서 도리어 지역 주민을 달랠 정도였다. 이 정도면 외교적 수식어도 수준급이라 하겠다.

3년 유배를 마치고 66살 때 북으로 돌아오는 길에 상주(창저우常州)에서 세상과 인연을 다하게 된다. 인근 금산사(金山寺)

에는 예전에 이용면(李龍眠)이 그려준 초상화를 보관하고 있었다. 1101년 7월 28일 66살 때 「금산사에 있는 초상화에 스스로 적다(自題金山畫像)」라는 자찬(自讚)을 남기고 2개월 후 세상 인연을 접었다. 결국 열반송이 된 것이다. 마지막 2행에서 세 곳의 유배지가 당신의 문학과 사상과 수행을 더욱 숙성시킨 곳이었노라고 술회했다.

> 문여평생공업(問汝平生功業)
> 황주혜주담주(黃州惠州儋州)

> 평생 쌓은 공덕이 무엇이냐고 묻는다면
> 황주와 혜주, 담주에 있다고 말하겠네.

특히 황주로 유배되었을 때는 경제적인 어려움으로 인하여 친구의 도움을 받아 버려진 땅을 개간하여 식솔들의 의식주를 해결하였다. 이 땅에 '동파(東坡: 동쪽 비탈진 땅)'라는 이름을 붙였고 스스로 '동파 거사'라 하였다. 44살 때부터 50살까지 살았다. 보통 사람 같으면 유배 시절에 선비가 호구지책으로 어쩔 수 없이 짓게 된 농사에 대해 애써 기억하지는 않을 것이다. 하지만 그는 당당했다. 그때 농장 이름을 자호(自號)로 사용하였으며 현재도 본명인 소식(蘇軾)보다는 소동파로 더 알려져 있다. 59살 때 유배지인 혜주 생활도 잊지 않았다. 유배의 결과로 2,700여 수의 방대한 시작(詩作)을 남겼고 또 수행자로서 선가의 『전등록』에도 이름을 올렸다. 이 모든 것은 유배지였던 황주와 혜주, 담주에서 쌓은 공덕이라고 초상화 한쪽에 스스로 기록했다. 절집의 표현을 빌린다면 번뇌를 보리(菩提)로 전환했던 것이다.

●
이 글은 박영환 교수의 『송시의 선학적 이해』라는 저서의 도움을 많이 받았다.

연탄불도 때로는 등불이 된다

摩耶肚裏堂前月
마 야 두 리 당 전 월
照破人人一夢身
조 파 인 인 일 몽 신

마야 성모 뱃속에 둥근 달 밝아

꿈 속의 몸까지 깨라고 비추네.

허백 명조(虛白明照, 1687~1767) 선사의 본관은 홍주(洪州)이며, 이름은 이희국(李希國)이다. 13세 때 출가했으며 사명(四溟) 대사의 제자로서 임진왜란과 병자호란 때 승병장으로 활약했다. 선(禪)과 교(敎)는 물론, 무(武)에도 능했다. 이 시는 어느 해 사월초파일에 연등불을 밝히며 지었는데 『허백집(虛白集)』에 전한다.

붓다(석가모니)는 태어나기도 전에 이미 '보름달'이 되어 주변을 밝혔다. 단순한 표피적 비춤에 머물지 않고 한 걸음 더 나아가 몽신(夢身)까지 잘 살피라고 했다. 그래서 "어머니(마야부인)의 태에서 나오시기 전에 이미 사람들을 다 구제했다(未出母胎 度人已畢)."(『선문염송』 제1칙)고 한 것이다.

나이가 들면서 왕자(王字) 복근과 개미허리 같은 몸매는 이제 더 이상 내 것이 아니다. 오직 추억 속에만 존재할 뿐이다. 그래서 몽신이다. 그런데 앞으로 근력이 더 떨어질 몸인지라 현재의 몸도 더없이 고맙다. 생각을 바꾼다면 그것도 일종의 자기 구원이 된다.

후학들은 밝은 달을 대신해 등불을 켰다. 몽신까지 밝힐 때는 법등(法燈)이라고 불렀다. 법등이 이어지는 것을 전등(傳燈)이라고 한다. 일본 히에이(比叡)산 연력사(엔랴쿠지延曆寺)는 천 년을 이어온 '불멸의 등불'로 유명하다. 100년 이상의 역사

를 지닌 가게가 즐비한 교토(京都)에서도 단연 선두를 달리는 '노포(老鋪, 시니세しにせ)'인 셈이다.

오래된 가게는 자기만의 노하우가 있기 마련이다. 1953년에 개업했다는 서울 마포구 연남동의 어떤 갈빗집은 70여 년 동안 장사를 하며 아홉 번 이사했지만 한 번도 연탄불을 꺼뜨린 적이 없다는 사실 때문에 기삿거리가 됐다. 그야말로 '불멸의 연탄불'인 셈이다. 뱃속을 채우면 마음이 넉넉해지고 얼굴까지 환해진다. 그래서 연탄불도 때로는 등불이 된다.

시련의 기록이 있어
그 거리는 더욱 아름답다

船上而雨如翻盆
선 상 이 우 여 번 분
船中水深沒半腰
선 중 수 심 몰 반 요

배 위로 쏟아지는 비는 억수같이 퍼붓고
배 밑에서 새는 물은 허리까지 잠기었네.

"비바람이 심상치 않았다."

전남 완도군 노화도 부근에서 만난 기상악화의 다급함을 이렇게 묘사했다. 제주에서 출항한 후 몇 날 지나지도 않았는데 노와 밧줄을 잃어버렸고 배는 통제 불능의 상태에 빠진다. 폭우가 그치니 다시 강한 바람이 기다리고 있다. 표류의 시작이다. 오키나와(류쿠琉球 제도) 부근까지 떠밀려서 이름을 알 수 없는 어느 무인도에서 구조를 기다리다가 왜구를 만나 봉변을 당한 뒤 다시 안남(安南, 베트남) 상선을 만났으나 바다 위에서 또 버림받고 천신만고 끝에 겨우 완도군 청산도에 도착할 수 있었다. 본래 출항 목적이던 과거 시험에 응시하기 위해 바로 한양으로 올라갔으나 낙방한 뒤 비로소 출발지로 돌아왔다.

그런 과정을 기록한 것이 『표해록(漂海錄)』이다. 일제강점기 시절 강원도에 살던 직계 후손이 보관하던 필사본을 1939년 제주 지역의 후손인 장한규(1880~1942. 1939년《동아일보》한시공모전 장원)에게 보냈고 이후 장응선(애월상업고등학교 교장)과 장시영 선생을 거쳐 2001년 국립제주박물관에 기탁된다. 1959년 정병욱 서울대 교수가 장응선의 도움으로 우리말로 번역하면서 비로소 세상에 알려졌다. 현재까지 한글본 네다섯 종류가 나왔지만 대부분 절판되고 현재 서점에서 유통되는 것은 2종뿐이다. 일본어로 번역된 책도 있다고 한다. 필사본은

2009년 제주지방문화재로 지정되었다.

　저자 녹담(鹿潭) 장한철(張漢喆, 1744~?) 거사는 제주도 애월 한담에서 태어났다. 입향조(入鄕祖)인 장일취(張一就)의 7대손으로 일찍이 아버지를 여의고 작은아버지 밑에서 자랐다. 1770년 향시(鄕試: 초시)에서 수석을 차지했고 1775년 32살 때 과거에 급제했다. 성균관의 여러 직책을 거쳐 강원도 양양 지역에서 16개 참역(站驛: 운송 및 물류 유통거점)을 관리하는 상운역(祥雲驛) 찰방(察訪)을 맡았으며 1787년 제주 대정(大靜) 현감을 지냈다.


섬에서 '한 달 살기' 하는 도반을 찾아 애월읍으로 갔다. 숙소 근처에서 함께 버스를 타고서 곽지모물 정류장에 내려 바닷가 방향으로 조금 걸어가니 이내 아름다운 해변길이 나타난다. 해 질 무렵의 풍광을 즐기려고 일부러 이 시간을 맞춰 온 이들의 걸음걸이는 가벼웠고 표정은 밝았으며 목소리는 상쾌했다. 우리 일행도 그 대열에 합류했다. 이틀 전에는 저녁놀이 엄청 좋았는데 오늘은 그렇지 못하다고 '한 달 살기' 주인공인 그가 더 아쉬워한다. 육지에서 시간을 쪼개 왔기 때문에 일정상 한 번밖에 올 수 없는 우리들에 대한 배려 때문일 것이다. 노을이 없어도 충분히 아름답고 행복하다고 이구동성으로 화답했다.

한담마을이 가까워지면서 '표해록'과 '장한철 산책로'라는 표지석이 나타났다. 선생은 섬이 가지는 양면성을 잘 알고 있었다. 나라가 어지러울 때는 세상의 병화(兵禍)를 피해 도망 나온 이들이 머무는 곳이 되었고, 잘 다스려질 때는 제주 사람들이 넘실대는 파도를 헤치고 육지로 가서 벼슬 자리를 구하고자 한 곳이기 때문이다. 따라서 육지가 어지러울 때는 오히려 섬이 좋은 땅이지만 잘 다스려지는 시기에는 모진 땅이 된다고 했던 것이다. 그래서 좋은 시대에 과거를 보기 위해 섬을 떠났지만 태풍 때문에 우여곡절을 겪고서 다시 모진 땅으로 돌아와야 했다. 함께 승선했던 29명은 어려움이 닥쳐올 때마다 '관세음보살'을 한마음으로 부르면서 위기를 이겨냈다. 또 꼬드겨 함께 갔던 친구 김서일에게 "괜히 큰 땅을 찾아 나섰다가 작은 땅마저 돌아갈 수 없게 되었다."는 원망과 지청구를 조난 당한 배 안에서 몇 번이고 들어야 했다. 날씨가 맑을 때는 좋은 배였지만 폭풍우가 몰아칠 때는 배 안 역시 모진 곳인 셈이다.

그 원망보다 더 큰 실망은 청산도에 도착하여 행낭을 열었을 때의 일이다. 어려움 속에서 순간순간을 대강 기록한 종이가 떨어져 달아나고 바닷물에 젖어 뭉개지면서 글씨를 알아볼 수 없게 되었다는 사실을 확인했다. 일기를 꺼내보니 이지러지고 떨어져서 제대로 읽을 수가 없었다. 그러나 다행히 뜻을 더듬어 추측해 되새기면 대략을 짐작할 수 있을 정도는 되었다. 이 원고가 통째로 사라지지 않는 것만 해도 행운이라 여겼다. 과거에 낙방한 뒤 고향으로 돌아와서 가장 먼저 한 일이 『표해록』정리였다.

바다는 배를 띄우기도 하지만 침몰하게도 한다. 땅에서 넘어진 자는 다시 땅을 딛고서 일어나듯 물에 빠진 사람도 다시 물 위로 자기를 띄워야 했다. 개인의 모진 경험을 모두가 공유하도록 기록으로 남긴 것이 물속에 빠진 자기를 물 위로 건져낸 일이라 하겠다. 지역 사회의 노력으로 2020년 한담마을에 당신의 생가를 복원한 것도 그 공덕의 결과라 하겠다. 생가 앞을 지나가며 한 마디 던졌다.

"당신은 좋은 시절에 뭍으로 나갔지만 우리는 좋은 시절에 섬으로 왔습니다."

## 끝과 시작을 구별하지 말라

我送舊年
아 송 구 년

汝迎新年
여 영 신 년

나는 묵은해를 보낼 터이니
당신은 새로운 해를 맞으소서.

100여 년 전의 연하장은 닥종이에 정성스럽게 먹을 갈아 글씨를 써서 보냈을 것이다. 여덟 글자라는 절제미로써 더 높은 완성도를 추구했으리라. 발신인은 일본 가마쿠라(鎌倉)에 소재한 원각사(엔가쿠지圓覺寺) 관장(최고 어른)인 석종연(샤쿠소우엔釋宗演, 1860~1919) 선사다. 선사는 교토(京都) 하나조노(花園) 대학 학장을 지냈다. 선(禪)을 '젠(ZEN)'이란 명칭으로 미국과 유럽 사회에 처음 소개했으며, 그 과업은 제자인 스즈키 다이세쓰(鈴木大拙, 1870~1966)로 이어졌다. 수신인은 조선 변산반도 월명암(月明庵)의 백학명(白鶴鳴, 1867~1929) 선사다. 두 선사는 1915년 원각사 방장실에서 처음 만났다. 고수끼리는 긴 말이 필요 없다. 이 인연으로 이듬해인 1916년 새해 인사와 안부를 묻는 한시 연하장이 도착한 것이다.

구년(舊年)과 신년은 섣달 그믐날(12월 31일) 밤 12시를 기점으로 바뀐다. 12시는 마지막 시각이지만 0시는 새로 시작하는 시각이다. 하지만 12시가 곧 0시다. 따라서 끝인 동시에 시작인 것이다. 그래서 학명 스님은 「세월(歲月)」이라는 시를 통해 "끝과 시작을 구별해 말하지 말라(妄道始終分兩頭)."고 했을 것이다. 그리고 부연설명 삼아 "작년의 하늘을 보고 또 신년의 하늘을 봐도 별다른 차이가 없다(試看長天何二相)."라고 한 줄을 더 보탰다.

　그럼에도 현실 세계에서는 구년은 구년이고 신년은 신년이다. 인쇄체로 박은 '영혼 없는' 연하장을 몇 통 받았고, 마지막 해넘이와 첫 해돋이를 겸하고자 북한산 둘레길을 걸었다. 문수봉 자락에서 올해의 마지막 일몰을 감상하고 일출을 보기 위해 대남문(大南門) 인근의 사찰에서 신발 끈을 풀고서 하루를 묵었다. 신년의 총총한 새벽별 아래 모자에 랜턴을 단 해돋이 참가 행렬이 산 아래까지 드문드문 이어졌지만 정작 해 뜰 무렵에는 구름이 희뿌옇게 산과 하늘을 가린다. 이를 어쩌나! 학명 스님 표현을 빌리자면 작년의 해와 올해의 해가 다를 리 없으니 어제 해넘이 감동을 오늘 아침 해돋이 느낌으로 대치하면 될 터이다.

남의 잘못에는 추상 같지만
자기 허물에는 관대했다

見秋毫之末者
견 추 호 지 말 자

不自見其睫
부 자 견 기 첩

擧千鈞之重者
거 천 균 지 중 자

不自擧其身
부 자 거 기 신

작은 털끝까지 본다는 이도
자기 눈썹은 보지 못하며
천 근의 무게를 든다는 이도
자기 몸은 들지 못하는구나.

시만으로는 의사 전달이 충분하지 못했다고 생각했을까. "이는 마치 수행자가 다른 사람을 책망하는 것은 분명히 하면서도(猶學者明於責人) 자기를 용서하는 관대함과 조금도 차이를 두지 않았다(昧於恕己者 不少異也)."라는 부연설명까지 덧붙였다.

이 선시는 불안 청원(佛眼淸遠, 1067~1120)이 고암(高庵)에게 일러준 것으로 『동어서화(東語西話)』에 실려 있다. 『동어서화』는 천목 중봉(天目中峰, 1263~1323) 선사의 『광록(廣錄)』 30권 가운데 18·19·20권에 해당된다. 『천목중봉화상광록(天目中峰和尙廣錄)』은 중봉 선사 열반 후 제자인 북정 자적(北庭慈寂)의 노력에 의하여 1334년 입장(入藏: 대장경에 편입됨)될 만큼 원나라 시대 참선 공부인을 위한 중요 지침서로 대접받았다.

천목 중봉은 절강(저장浙江)성 항주(항저우杭州) 전당(錢塘) 출신이다. 천목산(天目山)에서 수행하던 고봉 원묘(高峰原妙, 1238~1295)의 법을 이었으며 이후 일정한 거처를 정하지 않고 수행 삼아 산천과 마을을 찾아 행각했다. 경론과 선어록에도 해박했고 제자백가는 물론 시와 부(賦)에도 뛰어났다. 이 모든 것을 '선(禪)'으로 귀결시키는 탁월한 능력의 소유자인지라 당시 사람들에게 '강남고불(江南古佛)'이라고 칭송을 받았다.

이 선시는 청원 스님이 고암 스님을 만나면서 남긴 인물 관전평이다. 서양 종교의 말을 빌자면 '제 눈의 들보는 못 보고 남의 눈 티끌을 탓한다'는 의미일 것이다. 남의 잘못에는 추상 같았으나 자기 허물에는 참으로 너그러운 모습을 보다 못해(한두 번이 아니었을 것이다) 우아한 시문 형식을 빌어 에둘러 한마디 보탠 것이다. 직설적인 표현은 결국 말싸움으로 이어지기 때문에 그것을 회피하기 위한 방법이기도 하다. 너무 간접적인 비유를 동원한 탓에 혹여 제대로 알아듣지 못할까 봐 사족 같은 해설까지 붙여 당사자는 물론 주변 사람의 이해를 도왔다. 또 다른 자비심이다. 하긴 이런 경우가 어디 이 두 사람에게만 국한된 일이겠는가? 그리고 또 어찌 그 시절뿐이었겠는가? 오늘날까지 이어져 '내로남불('내가 하면 로맨스, 남이 하면 불륜'이라는 뜻의 신조어)'이란 사자성어를 만들 만큼 주변에서 흔히 만날 수 있는 광경이기도 하다.

유식학(唯識學)은 '내로남불'을 이기심의 극치라고 단정한다. 그런데 이런 이기심을 일으키는 마음바탕인 '제7식(第七識)'(숫자로 표시하는 것 역시 가치 중립적이다)을 어감이 별로 좋지 않은 '이기식(利己識)'이라고 이름 붙이지 않고, 음역(音譯)한 인도식 언어인 '말나식(末那識)'을 그대로 사용한 것도 어찌 보면 또 다른 '중국식' 자비심이라 하겠다.

어쨌거나 이것은 자기를 늘 사랑하고자 하는 마음 영역을 가리킨다. 자기 사랑이야 당연한 것이다. 하지만 방향이 잘못

되거나 양이 과도하면 상대에 대한 적대감 혹은 지나친 차별심으로 인하여 스스로를 어리석게 만들고[我癡] 일방적 자기 주장만 앞세우게 되며[我見] 알 수 없는 자신감 혹은 근거 없는 자신감[我慢]으로 이어지면서 결국 과도한 자기 집착[我愛]을 만드는 네 가지 번뇌와 연결된다. 이것으로 인하여 주변 사람까지 뇌고(惱苦)롭게 만든다. 어쨌거나 번뇌라고 하는 것은 결국 극복해야 할 대상이라는 뜻이다.

이 '내로남불'의 사례가 주는 대중적 교훈성을 일찍이 간파한 중봉 선사는 후인들이 반면교사로 삼으라는 의미에서 기록으로 남겨두었다. 중봉 선사의 별명은 '강남고불'이다. 활동 지역이 양자강 하류 남쪽 지방인 항주·소주(쑤저우蘇州)로 대표되는 절강성이기 때문이다. 고봉 원묘 선사를 만난 천목산 역시 절강성에 위치하고 있다.

'고불'은 조주 선사가 원조이다. 조주(趙州, 778~897) 선사는 말로 하기 어려운 선(禪)을 언어로 잘 표현하여 후학들에게 전달했다. 그 세월이 40년이다. 게다가 120살까지 장수했다. 그래서 '조주고불(趙州古佛)'이라고 불렀다. 활동 무대였던 조주의 동관음원(東觀音院) 위치는 하북(허베이河北)성 서쪽이다. 중원에서 본다면 북쪽 지방인데, 현재 만리장성과 북경이 위치한 지역이다. 지리적으로 '강북고불'인 셈이다.

조주 선사는 언어로 자상하게 선을 잘 설명했고, 중봉 선사는 종횡무진의 글 솜씨로 『동어서화』, 『산방야화(山房夜話)』 등의 저술로 수많은 사례를 통해 참선 공부인을 독려하고 또 경책하였다. 이런 연유로 '고불'은 두 선사의 자비심을 칭송하는 뜻에서 후인들이 붙여준 애칭인 셈이다.

# 경계

얼음 끝자락이 계속 자라면 겨울
물이 조금씩 평수를 넓혀가면 봄

# 지도 보며 방 안 휴가를 즐기다

上有天堂
상 유 천 당

下有蘇杭
하 유 소 항

하늘에 천당이 있다면
땅에는 소주·항주가 있다.

휴가는 일상에서 벗어난다는 기쁨과 함께 '언제 어디로 누구랑'이라는 숙제를 안긴다. 날짜는 회사나 조직이 정해 준다. 남의 힘에 의해 문제 1은 저절로 해결된다. 문제 2부터 결정 과정이 좀 복잡하다. 어디로 갈 것인가? 비용과 구성원의 요구 등 모든 경우의 수가 입력되면 선택의 폭이 별로 넓지 않다. 그럼에도 나름 최적의 답을 구하기 위해 애써야 한다.

최소 비용으로 최대 효과를 내기 위해 이백(李伯, 701~762) 시인이 말한 "별유천지비인간(別有天地非人間: 별천지가 있는데 인간세상이 아니라 신선세계다)"이라고 하는 숨겨진 비경까지 수소문한다. 한자 문화권에서 살았던 선인들에게 기온이 온화하고 물산이 풍부하며 풍광이 아름답고 인심이 후한 절강성의 소주와 항주는 이상향이었다. 그 시절 힘 있는 권력자는 서울을 오래 비우기가 쉽지 않았다. 그래서 북경(베이징北京)에서 소주·항주까지 운하를 팠다. 앉은 자리에서 휴가지 문화와 분위기가 경항(징항京杭) 운하의 수천 리 물길을 타고 올라왔다.

또 다른 유토피아는 운남(윈난雲南)성의 샹그릴라(香格里拉)다. 본래 지명인 중전(중띠엔中甸)을 이름만 바꾸었다. 경제력에 별로 여유가 없는 오지의 유목민은 운하 건설 비용을 들이지 않고 자기가 살고 있는 고장을 그대로 휴가지로 바꾸는 지혜를 발휘했다. 티베트 지역에 전설처럼 전해 오는 신비의 도시 샴발라(香色拉, Shambhala)가 그 어원이다. 평화롭고 고요한 땅이라는 뜻이다.

　이처럼 자기 자리를 별천지 혹은 유토피아로 만든 '방콕족'의 역사를 추적하면서 여유롭게 방 한쪽 구석에서 쭈그리고 앉아 여행지도를 훑으며 상상의 나래를 펴는 것도 나름 휴식이 된다.

2

모서리 한켠이라도 밝힐 수 있다면

# 제목

한옥은 한옥대로 양옥은 양옥대로
기와는 기와대로 벽돌은 벽돌대로

# 푸른 동백 숲에 붉은 횃불 꽃

夾岸山茶樹
협 안 산 다 수
猶殘晼晚紅
유 잔 완 만 홍

언덕 여기저기 있는 동백나무들
아직도 간간이 붉은 꽃이 남았네.

다산(茶山) 정약용(丁若鏞, 1762~1836) 선생이 전남 강진 다산초당과 백련사 사이에 난 오솔길을 산책하다가 떨어지는 동백꽃을 아쉬워하며 지은 시다. "어찌해야 비단 장막을 가져다가 (那將錦步障) 연화풍을 막을 수 있을까(遮截花風)."라는 두 줄을 더했다. 곡우(穀雨)에 부는 연화풍은 마지막 꽃 소식을 알려주는 바람[花信風]이다. 이를 고비로 봄은 가고 여름이 시작된다. 이미 '동백(冬栢)'이 아니라 '춘백(春栢)'인 셈이다. 당신은 유배지 남도에서 만난 혜장(惠藏, 1772~1811) 선사와 의기투합했다. 비 내리는 봄밤에 홀연히 초당으로 찾아온 스님을 향해 "(동백) 숲을 뚫고 횃불이 왔다(穿林一炬來)."고 할 정도로 의지했다. 횃불 역시 붉은 동백꽃 이미지를 그대로 차용한 것이다.

다산은 동백나무를 '산다수(山茶樹)'라고 했다. 동백꽃의 중국식 표기는 산다화(山茶花) 혹은 다화(茶花)다. 즉, 동백은 잣나무[栢] 류가 아니라 차나무 과라는 사실을 문자로 증명한 것이다. 또 고려 말 이규보(李奎報, 1168~1241) 거사는 다른 시각에서 "동백이란 이름은 옳지 않다(冬栢名非是)."고 했다. 겨울 지조의 상징인 잣나무는 푸른 잎만 가졌다. 하지만 동백은 푸른 잎은 물론 붉은 꽃까지 갖춘 화려한 모습으로서 겨울 지조를 지켰다. 따라서 동백의 지조가 잣나무 지조보다 한 등급 더 높다. 그럼에도 잣나무의 아류로 오해할 수 있는 '동백(冬

栢)'이란 작명은 틀렸다는 입장을 피력한 것이다.

동백이 있는 절을 춘사(椿寺)라고 한다. 춘(椿, 쓰바키つばき)
은 일본식 한자다. 일본 교토 지장원(지조우인地藏院)은 유명한
동백 절[椿寺]이다. 이 사찰에 다섯 가지 색깔과 여덟 겹의 꽃
잎[五色八重]을 자랑하는 진귀한 동백나무가 있는 까닭이다.
임진란 때 조선에서 강제로 반출한 것이다. 도요토미 히데요
시(豊臣秀吉, 1537~1598)에게 진상된 것을 다시 지장원에 기탁
했다고 기록은 전한다. 1992년 뜻 있는 사람들의 노력으로 몇
그루를 분양받아 고향인 울산 지방으로 옮겨 심었다는 전언
이다.

뱁새가 황새 걸음을 하면
가랑이가 찢어진다

任短任長休剪綴
임 단 임 장 휴 전 철
隨高隨下自平治
수 고 수 하 자 평 치

짧건 길건 맡겨두어 재단질을 하지 말 것이요
높건 낮건 인연 따라 스스로 평평해지게 하라.

승조(僧肇, 384~414) 법사는 「반야무지론(般若無知論)」에서 부연 설명을 통해 "모든 법이 다르지 않다고 하여 어찌 오리의 다리를 잇고 학의 다리를 자르고 산을 뭉개고 구덩이를 메운 뒤에야 차이가 없다고 하겠는가?"라고 일갈했다. 그는 장(張)씨 집안에서 태어났으며, 어릴 때는 노자와 장자의 사상에 심취했다. 출가 후에 구마라집(鳩摩羅什: 실크로드의 작은 오아시스 국가인 쿠차 출신으로 인도 말과 중국 말에 능통하여 많은 경전을 한문으로 번역했다) 문하에서 '공(空)을 가장 잘 이해한다'는 평가를 받았다. 『반야심경』의 주인공인 수보리는 인도에서 '해공제일(解空第一)'로 불렸다. 당시 중국의 해공제일은 승조인 셈이다.

경북 문경 봉암사를 다녀왔다. 일행과 함께 은암 고우(隱庵古愚, 1937~2021) 대선사 문상을 마쳤다. 경북 김천 수도암으로 출가하여 청암사(김천)와 남장사(상주) 강원(講院)에서 수학했다. 성철 스님이 1947년 시작한 '봉암사 결사'가 한국전쟁으로 중단된 것을 다시 이어서 1968년 '제2의 봉암사 결사'를 통해 오늘의 봉암사를 만드는 초석을 놓은 어른이다. 그 시절 희양산의 국립공원 지정을 반대하고 '봉쇄 수도원'으로서의 위상을 공고히 하면서 오늘날 참선 수행의 근본도량인 종립 선원으로 운영되는 '수좌들의 본향'이 되었다. 1987년 학인 시절에 '제1회 전국선화자(禪和子)대회'가 합천 해인사에서 열렸다. 뒷날 알고 보니 이 법회도 고우 스님의 작품이라고 했다. 500여 명은 족히 수용할 수 있는 해인사에서 가장 큰 건물인 보경당(普敬堂) 맨 뒷문을 기웃거렸던 그때의 기억이 새롭다. 2005년『조계종 수행의 길 간화선』간행을 위한 편집 회의가 몇 번을 거듭하면서, 비로소 '조계종 불학연구소장'이라는 실무 책임자 자격으로 스님을 가까이서 자주 뵙는 기회를 가졌다.

본문에서 말하는 길고 짧음의 대상인 오리 다리와 학 다리를 비교·논쟁하는 것은『장자』권8「변무(駢拇)」에 나온다. 이를 바탕으로 승조 법사는 나름 스스로 소화한 언어로 다시 정리했던 것이다.

부경수단속지즉우(鳧脛雖短續之則憂)
학경수장단지즉비(鶴脛雖長斷之則悲)

오리의 다리가 짧다고 이어주면 걱정거리가 되고
학의 다리가 길다고 잘라주면 근심거리가 된다.

운문 문언(雲門文偃, 864~949)의 제자 파릉 호감(巴陵顥鑑)도 비슷한 틀로 각자 본성이 다르다는 것을 두 줄의 선시로 명쾌하게 정리했다. 학이 아니라 늘 볼 수 있는 닭으로 바꾸었다. 오리는 그대로다.

계한상수(鷄寒上樹)하고
압한하수(鴨寒下水)라

닭은 추우면 나무로 올라가고
오리는 추우면 물로 내려간다.

예전에 어떤 암자를 찾아가는데 입구부터 마당까지 "비교하지 말라."는 글귀를 넣어 형형색색 만든 깃발을 쭉 걸어두었던 기억이 다시금 새롭다. 남들이 물로 내려간다고 해서 같이 물로 따라 갈 일이 아니다. 모두 나무 위로 올라간다고 해서 무턱대고 따라 할 일이 아니다. 각자 자기 본성에 맞는 최선의 행동이 해답이다. "뱁새가 황새 걸음을 걸으면 가랑이가 찢어진다."는 속담도 그래서 나왔을 것이다. 그러므로 고우 선사는 "다른 사람과 무한경쟁(無限競爭)하지 말고 스스로 무한향상(無限向上)하라."고 늘 말씀하셨다. 길면 긴 대로, 짧으면 짧은 대로 스스로 능력의 범위 안에서 무한향상하면 될 일이다. 사실 남과 비교할 필요도 없다. 왜냐하면 각자 자기의 고유본성이 있기 때문이다. 알고 보면 '나'라는 존재는 이 세상에 하나 뿐인 '나'다. 비교 대상이 될 수 없다. 이것이 당신이 들려주는 생활법문이었다. 서로 다른 것을 인정하면 차이가 절대로 차별로 이어지지 않는다. 다름이 서로 조화를 이룰 때 아름다운 화엄세계가 펼쳐지는 것이다.

위산(潙山, 771~853)이 논을 개간하는 일을 시키자 제자 앙산(仰山, 803~887)이 물었다.

"여기는 이렇게 낮고 저기는 저렇게 높습니다."

이에 위산이 대답했다.

"물은 능히 모든 물건을 평평하게 하니 물로써 고르라."

이에 앙산이 말했다.

"물에도 기준이 없습니다. 높은 곳은 높게 고르고 낮은 곳은 낮게 고르겠습니다."

이에 위산이 "옳다!"라고 하며 고개를 끄덕였다.

청출어람(靑出於藍)이라고 했던가. 높은 곳은 높게 고르고, 낮은 곳은 낮게 고르는 것이 논갈이의 해답이다.

# 눈을 이고 있는 대나무

歲寒雲凍埋深雪
세 한 운 동 매 심 설

節在何妨暫折腰
절 재 하 방 잠 절 요

추위에 차가운 구름도 깊은 눈에 파묻혔으니

절개 있더라도 잠깐 허리를 굽힘은 어떠리오

장천두(張天斗) 시인은 중국 산서(산시山西)성 신주(신저우忻州) 출신이다. 평생 야인(野人)으로 살았다. 그래서 생몰연대조차 알 수 없다. 스스로 기록하지 않았고 남들도 알려고 하지 않았다. 그야말로 바람처럼 왔다가 바람처럼 사라진 까닭이다. 하지만 바람도 흔적은 남기 마련이다. 그 역시 마음의 흔적은 남겼다. 「설죽(雪竹)」이라는 시를 통해 자기 심경의 일단을 내비친 것이다.

선인들은 매화·난초·국화·대나무를 '사군자(四君子)'라고 불렀다. 각기 봄·여름·가을·겨울의 군자 이미지를 대변하는 까닭이다. 겨울 군자인 대나무 잎에 순백의 눈까지 얹혔다. 그래서 이미지는 두 배로 선명하다. 하지만 너무 무겁다. 버거우면 구름도 쉬어갈 때가 있는데 잠깐 허리를 굽힌다고 한들 누가 뭐라고 하겠는가. 하지만 그것조차 용납할 수 없었다. 어찌 보면 융통성이라고는 눈곱만큼도 없는 자기 한계에 대한 고백으로 들린다. 그럼에도 늘 그래왔듯이 꼿꼿이 버텼다. 언젠가 겨울 바람이 쌩하고 지나가며 털어줄 것이다. 그것도 아니라면 어느 날 따스한 햇살이 녹여줄 것이기 때문이다.

야보(冶父) 선사는 남송 시대를 흔적 없이 살았다. 취미가 『금강경』 읽기'였다. 모양[相]을 남기지 말라는 가르침에도 나름 충실했다. 꼬장꼬장하기는 장천두 선비 못지않았을 것이다. 하지만 그것도 상(相)이다. 그래서 때로는 나름의 탄력성을 발휘했다. 서 있기 힘들 때도 머리까지 숙이지는 않았지만 몸을 약간 흔들었다. 그리하여 "대나무 그림자가 계단을 쓸어도 먼지 한 점 일어나지 않는다(竹影掃階塵不動)."는 시를 남긴 것이다. 움직임 속에서도 움직이지 않는 이치가 있음을 간파한 까닭이다.

언젠가 일본 교토(京都)의 아라시야마(嵐山)에 있는 천룡사(텐류지天龍寺)를 찾았다. 단풍이 절정인 절 주변의 풍경과 달리 뒤편에 있는 대나무 숲에 발을 내디뎠을 때, 한순간에 가을이 사라졌다. 사시사철 푸른 대밭에서 계절이란 별다른 의미가 없다. 하지만 눈이라도 내린다면 겨울 세계임을 알려줄 터다.

# '순간'을 포착하여 '영원'을 만들다

色不異空 空不異色
색 불 이 공  공 불 이 색
色卽是空 空卽是色
색 즉 시 공  공 즉 시 색

색은 공과 다름 아니요 공도 색과 다르지 않으니

따라서 색이 곧 공이요 공은 곧 색이니라.

현장(玄奘, 602~664) 법사의 본명은 진위(陳褘)이며 하남(허난河南)성 낙양(뤄양洛陽) 인근에서 태어났다. 10대 초반에 승려이던 둘째 형을 따라 출가했다. 29세 때 인도로 유학했으며 45세 때 당나라로 귀국했다. 이후 범어(梵語)로 된 수많은 불교 경전을 한문으로 번역하며 일생을 보냈다. 그중에 가장 많은 사랑을 받고 있는 역작은 『반야심경』이다. 이유는 본문이 260자로 짧기 때문일 것이다. 하지만 길이가 짧다고 내용까지 쉬운 것은 아니다. 짧지만 동시에 압축미를 담고 있는 것이 오래도록 변함없는 인기 비결이라고 하겠다. 그 가운데 '색(色)이 곧 공(空)이요 공이 곧 색이다'라는 구절이 가장 유명하다.

제주도 날씨는 종잡을 수 없었다. 바람이 세차게 불었고 안개가 앞을 가리더니 진눈깨비가 쌀알 같은 우박을 쏟아내며 잠시 후드득 소리를 내다 말고 이내 빗방울로 바뀐다. 조금 후 언제 그랬느냐는 듯이 또 구름 사이로 햇살이 뻗친다. 그런 변화무쌍함[空]을 짧은 시간에 두루 경험하며 '두모악' 갤러리에 도착했다. '색즉시공(色卽是空)'을 가장 잘 가르쳐주는 공부방인 까닭에 바람 많은 삼다도에 올 때마다 들르게 된다. 바람은 보이지 않을 뿐만 아니라 순간적으로 나타났다가 사라지는 것이므로 '공'이라 하겠다. 사진작가 김영갑(1957~2005) 선생은 그 바람을 순간 포착한 후 캔버스에 고정시켜 색(色: 존재하는 것)으로 변환시키는 탁월한 감각을 지녔다. 이런 걸 '공즉시색(空卽是色)'이라고 한다. 하지만 그 작품[色]은 바람[空]이 없었다면 만들어낼 수 없다. 그러므로 '색즉시공'이다.

작가 역시 생로병사(生老病死)인 삶의 변화라는 틀[空]을 피해 갈 수 없었다. 그래서 육신[色]은 10여 년 전에 우리 눈앞에서 사라졌다. 그럼에도 그의 갤러리에는 젊은 시절 사진이 또 다른 색(色)으로 남아 있다. 돌아가실 무렵 지인의 안내로 잠깐 뵙는 시간을 가졌다. 병고(病苦)로 인해 의자에 몸을 기댄 채 우리를 맞았다. 그 모습이 내 생각 속에 또 하나의 색으로 머물러 있다. 어쨌거나 모든 것이 공인 줄 알기 때문에 매 순간 최선의 존재[色]로 살아야 하는 것이 우리네 인생이다.

# 임명장이 어떻게 바위 굴까지 왔는가

三十年來獨掩關
삼 십 년 래 독 엄 관

便符那得到靑山
변 부 나 득 도 청 산

休將瑣末人間事
휴 장 쇄 말 인 간 사

換我一生林下閑
환 아 일 생 임 하 한


삼십 년간 빗장을 채웠는데

주지 임명장이 어떻게 청산에 이르렀나?

좀스러운 세간사로

나무 아래 한가한 일생을 바꾸게 하지 말라.

설당 도행(雪堂道行, 1089~1151) 선사는 남의 이야기라도 예사롭게 듣지 않았고 후세에 귀감이 될 만한 일이라면 반드시 기록을 했다. 이 시는 당시 덕이 매우 높다고 알려진 관(貫) 수좌(首座: 선사의 존칭)의 글을 설당이 기록해 둔 것이다. 그런데 직접 들은 내용도 아니고 만암(萬庵) 스님이 전해 줬다.

설당 도행 선사는 산서(산시山西)성 건주(간저우 虔州) 출신이며 19세에 출가하여 임제종 승려로 수행했다. 63세로 열반에 들었으며 『어요(語要)』와 『습유록(拾遺錄)』을 각각 1권씩 남겼다. 뒷날 대혜 종고(大慧宗杲, 1088~1163)와 죽암 사규(竹庵士珪, 1082~1146)가 함께 편집한 『선림보훈(禪林寶訓)』에 설당의 기록이 실리면서 대중들에게 이 내용이 널리 알려졌다. 관-만암-설당-종고 네 사람의 손 맞춤을 거쳐 오늘까지 전해 오는 희귀한 글이라 하겠다. 하마터면 없어질 뻔했다.

어른에게 예의를 표하는 방법으로 법명은 뒷자만 부르는 것이 절집의 오래된 관습이다. 당대에는 외자만 불러도 누군지 모두 알았지만 세월이 흐르면서 결국 후인들은 누군지 알 수 없게 된 경우가 허다하다. 선어록을 읽다 보면 이런 외자 존칭이 많이 나온다. 실명을 확인하려면 정말 애를 먹는다. 구두(口頭)로는 외자로 부를지라도 문자로 기록할 때는 꼭 이름 전체를 올려야만 뒷사람이 구별하기가 수월하다는 것도 알게 되었다. 관 선사도 외자만 기록하는 바람에 어떤 인물인지 그야말로 오리무중이다. 하긴 선사는 본래 허공을 나는 새처럼 발자국을 남기지 않는 법이니 당연한 일이기도 하지만.

어쨌거나 이 시를 짓게 된 사연이 있었다. 선사는 경성암(景星巖)에서 30년 동안 은거하면서 그림자조차 산문 밖을 나가지 않았다. 평소에 스님을 흠모했던 경용학(耿龍學) 거사가 군수로 부임하게 되었다. 주변 여건이 훨씬 나은 서암(瑞巖)으로 모시고자 하였으나 극구 사양하면서 답장으로 보낸 편지다.

바위 '암(巖)' 자는 같은 발음의 집 '암(庵)' 자와 통용된다. 초기 교단의 두타행자(고행자)들이 바위 동굴 안에서 수행했던 것을 알려주는 문자적 흔적이라 하겠다. 굴(窟)도 마찬가지다. 후세에는 나무와 흙벽을 이용하여 제대로 지은 집에 살면서도 '굴'이란 편액을 달았다. 기와 그리고 서까래 밑에서 살고 있지만 바위 굴에서 살 때처럼 그 수행 정신을 잃지 않겠다는 각오의 표현이기도 하다. 통도사 극락암에 머물던 경봉(鏡峰, 1892~1982) 스님의 '삼소굴(三笑窟)'과 월정사 탄허(呑虛, 1913~1983) 스님의 '방산굴(房山窟)' 등이 그 사례라고 하겠다. 평안도 묘향산의 서산(西山, 1520~1604) 대사가 머물렀다는 '청허방장(淸虛方丈)'과 경북 문경 봉암사 '월봉암(月峯庵)'은 바위 굴 지붕과 바위 벽으로 된 자연 공간이지만 출입구 쪽은 목재를 이용하여 인공적인 문을 달았다. 바위 굴에서 집[庵]으로 바뀌는 중간 과정을 보여준다고 하겠다.

그런데 굴이라는 외형이 같다고 할지라도 내용은 같은 바위 굴이 아니다. 심심산골의 바위 굴과 대도시 인근의 바위 굴은 접근도가 다를 수밖에 없다. 접근이 용이하다는 것은 많은 사람이 모일 수 있다는 것이고, 많은 사람이 모인다는 것은 결국 물질이 풍요로워진다는 의미이기 때문이다.

당송(唐宋) 시대의 사찰은 몇 가지 등급이 있었다. 먼저 중앙 정부나 지방 정부 등 나라에서 건립한 국공립 사찰은 1급이라 하겠다. 그리고 특정 종파나 문도들이 함께 힘을 모아 만든 공동체 사찰은 2급이다. 마지막으로 개인이 마련한 사(私) 사찰은 3급이라 하겠다. 그 가운데 1급 사찰의 인사권은 국가 내지는 지방 정부에서 행사했다. 말하자면 경성암에서 서암으로 이동하는 일은 3급지에서 1급지로 옮겨가는 일이다. 이름은 같은 '암'이지만 위치나 규모 면에서 비교가 될 수 없다고 하겠다.

그럼에도 불구하고 관 선사는 1급지를 거부했다. 권세를 빌리고 명예를 추구하다 보면 결국 수행자의 본분에서 벗어나기 때문이다. 깨달음은 멀리한 채 시류에 영합하는 것은 사문(沙門)으로서 올바른 길이 아니라고 여겼다. 칼칼한 눈푸른 납자(衲子)의 기상을 유감없이 보여주는 선시라고 하겠다.

# 가출하면서 시 한 편을 남기다

誰人甘死片時夢
수 인 감 사 편 시 몽
超然獨步萬古眞
초 연 독 보 만 고 진

그 누가 잠깐의 꿈 속 세상에서 살다 죽어가랴.
만고의 진리를 향해 초연히 나 홀로 걸어가리라.

성철(性徹, 1912~1993) 스님은 생가를 나서면서 출가시(出家詩)를 남겼다. 선사는 젊은 시절 제자백가를 비롯한 많은 책을 접했으나 가슴 한편은 늘 미진했다. 어느 날 탁발승에게 얻은 『신심명(信心銘)』·『증도가(證道歌)』를 읽고서 눈앞이 훤해지는 체험을 했다. 이후 불경 공부에 전념했다. 한 권의 책이 사람의 진로를 바꾼 것이다. 출가시는 그 결과의 산물이다. 임종게(臨終偈)와 오도송(悟道頌)은 흔하지만 출가시는 귀하다. 끝은 창대할지라도 시작은 대부분 미미한 까닭이다. "하늘에 넘치는 큰 일들은 붉은 화롯불 속의 한 점의 눈이요(彌天大業紅爐雪), 바다를 덮는 큰 기틀일지라도 밝은 햇볕에 한 방울 이슬이라(跨海雄基赫日露)"라고 하여 세상살이에 별로 의미를 두지 않았고 '만고의 진리를 향해 초연히' 수행에만 전념했다. 훗날 조계종 종정(宗正: 법왕)이 됐다. 벌써 열반하신 지 30년(1993년 음력 9월 20일)을 넘겼다.

청나라 3대 황제 순치제(順治帝, 1638~1661)의 출가시도 내용은 비슷하다. "왕 노릇 18년 동안 자유가 없었다(十八年來不自由)"라고 하면서 궁궐을 박차고 나왔다. 그리고 산서(산시山西)성 문수성지 오대산(五臺山)으로 떠나며 출가시를 지은 것이다. "백 년의 세상일은 하룻밤의 꿈속이요(百年世事三更夢), 만리강산 나랏일은 한 판의 바둑 대국이라(萬里江山一局碁)."고

총평했다. 새 왕조의 기틀을 닦고 성군(聖君)인 강희제(康熙帝)가 출현할 수 있는 기반을 다진 정치적으로 성공한 인생이었다. 하지만 아무리 큰 나라의 제왕(帝王)일지라도 채워지지 않는 부분은 있기 마련이다. 마지막으로 법왕(法王)을 꿈꾸었는지도 모른다.

　　왕자와 법왕의 지위를 모두 누린 붓다는 출발부터 탄생게(誕生偈)로 시작했다. 도솔천에 있는 '하늘의 집[天上家]'을 떠나 사바세계로 오면서 "이 세상은 모두가 고통이지만 내가 마땅히 편안하게 만들겠다(三界皆苦 我當安之)."라고 외쳤다. 이것이 출가시의 원조가 되었다.

# 모서리 한켠이라도 밝힐 수 있다면

照千一隅
조 천 일 우

此則國寶
차 즉 국 보

천 구석 가운데 한 구석만 밝힐 수 있다면
이 사람이 바로 국보 같은 존재가 될지니라.

이 한시는 일본 교토 인근 히에이(比叡)산 연력사(엔랴쿠지延曆寺)의 후문 방향 주차장 가는 길에 있는 돌기둥에 세로 글씨로 새겨졌다. 석조물 자체는 그리 오래된 것이 아니다. 이끼도 끼지 않았고 물때도 없으며 색깔도 바래지 않은 까닭이다. 그렇다고 원문까지 요새 것은 아니다. 이 절을 처음 지은 최징(사이초最澄, 767~822) 대사의 어록인 까닭이다. 궁궐처럼 화려한 도시 사찰에 머무는 것을 당연시 여기던 시절에 그런 식의 삶을 거부했다. 22세(788) 때 깊은 산을 찾아가 토굴을 짓고 고행을 자처하는 삶을 선택한 것이다. 손수 제작한 불상과 그 앞의 소박한 접시등잔에 불을 밝혔다. 사바세계의 수많은 어두운 구석 가운데 이렇게 한 구석[一隅]이라도 제대로 밝힐 수 있길 바라는 마음뿐이었다.

최징 대사는 804년 중국으로 유학해 절강(저장浙江)성 천태산(天台山) 국청사(國淸寺)에 머물렀다. 그곳은 전설적 은둔자 한산(寒山)이 나무와 바위에 아무렇게나 써두었다는 시를 모은 『한산시집(寒山詩集)』의 무대이기도 하다. 5번 시에 "언제나 저 뱁새를 생각하노니 한 가지만 있어도 몸이 편안하다네(常念鳥 安身在一枝)."라는 구절이 나온다. 많은 나무가 있어도 뱁새에겐 한 가지[一枝]면 충분하다는 뜻이다. 우연의 일치로 '일지(一枝)'와 '일우(一隅)'는 천태산이라는 지역적 배경을 함께한 셈이다.

'일지'는 조선 초의(草衣, 1786~1866) 선사에 의해 전남 해남의 작은 암자인 일지암(一枝庵)까지 뻗쳤다. 한동안 끊어진 다맥(茶脈)을 되살리자 차 향기는 다시 한반도 전체로 퍼져 나갔다. 나뭇가지 한 개가 드디어 천 가지[千枝]가 된 것이다. 또 '일우' 등잔불은 오늘까지 천 년 이상 이어져 '불멸의 등불'로 불렸다. 동시에 일본 열도 전역으로 퍼져 나갔다. 등잔불 한 심지가 다른 심지로 이어지면서 마침내 천 구석[千隅]을 밝힌 것이다. 결국 최징 대사의 '일우' 등잔불과 초의 선사의 '일지' 암자는 두 나라의 보배가 됐다.

# 세상을 떠나서 따로 진리를 찾지 말라

天地與我同根
천 지 여 아 동 근

萬物與我一體
만 물 여 아 일 체

하늘과 땅이 나와 같은 뿌리요

만물이 나와 더불어 한 몸이라.

조문(弔問)을 위해 전북 김제 모악산으로 향했다. 주말임에도 고속도로는 생각보다 덜 붐볐다. 금산사 인터체인지를 벗어나니 길가에는 현수막을 만장 삼아 군데군데 걸어 놓았다. "천지여아동근(天地與我同根) 만물여아일체(萬物與我一體)"가 적힌 현수막은 열반하신 태공 월주(太空月珠 1935~2021) 대종사의 일생을 대변하는 좌우명인지라 절에 도착할 때까지 도로변 여러 곳에서 심심찮게 만날 수 있었다.

이 글의 본래 주인은 후진(後秦) 시대 승조 법사다. 그는 몇 편의 논변을 남겼다. 이를 모아서 한 권으로 묶은 것이 『조론(肇論)』이다. 마지막 편 「열반무명론(涅槃無明論)」에 이 구절이 나온다. 승조는 섬서(산시陝西)성 서안(시안西安. 옛 장안) 출신이다. 책을 서사(書寫: 베껴 씀)하고 수리(修理)하는 일로 생계를 삼았다. 『금강경』에서는 경전을 서사하는 공덕이 무엇보다도 크다고 했다. 인쇄 시설이 없던 시절에 한 권의 책을 두 권으로 만들고 두 권의 책을 네 권으로 만드는 것은 그 책을 많은 이에게 읽힐 수 있는 유일한 수단이었기 때문이다. 덕분에 승조는 많은 경전과 역사서를 숙독할 수 있었고 더불어 고전에도 능통할 수 있었다.

그러던 어느 날 장자(莊子)의 「제물론(齊物論)」을 베끼다가 "천지는 나와 함께 살아 있고(天地與我竝生) 만물도 나와 함께

하나가 된다(萬物與我爲一).”라는 부분에 이르러 문득 크게 느
낀 바가 있었다. 뒤에 지겸(支謙)이 번역한『유마경』을 옮겨 쓰
다가 ‘내 갈 길을 알았다’고 하면서 출가를 결행하였다. 당시
최고의 지성인이자 경전 번역가로 이름을 떨치던 구마라집(鳩
摩羅什, 344~413)을 찾아갔고 그 문하에서 사철(四哲: 4대 제자)로
불리었다. 스승이 돌아가신 이듬해 414년『조론』의 마지막 편
「열반무명론」을 완성한 뒤 31세로 요절했다. 물론 ‘필(feel)’이
꽂혔던 장자의 그 말도 당신 것으로 완전히 소화시켜 다시 녹
여냈다. 현대 불교인문학을 개척했다는 평가를 받는 일지(一
指, 1960~2002) 스님은 「열반무명론」은 스승의 입적을 추도하
기 위해서 씌여졌을 뿐만 아니라 승조 그 자신의 고별 논문’이
라고 평가했다. 천재의 요절은 미인의 단명(短命)과 더불어 동
아시아 ‘미학(美學)’의 또 다른 모습이기도 하다.

　　종교의 얼굴은 다양하다. 때로는 초월과 은둔도 필요하
다. 하지만 그 초월과 은둔도 세상에 회향될 때 더 큰 의미를
가진다. 그래서 장산 혜근(蔣山慧懃, 1059~1117) 선사는 ‘불법즉
시세법(佛法卽是世法)이요 세법즉시불법(世法卽是佛法)이라’고
한 것이다. 월주 대종사의 걸음걸이 역시 세간법이 곧 불법이
요 불법이 곧 세간법이었던 삶이었다. 세상을 떠나서 따로 깨
달음을 찾는 것은 그야말로 이름만 있고 실재하지 않는 ‘토끼

뿔'과 '거북 털'을 찾는 일이라고 일갈했다. 그래서 "내가 살아 왔던 모든 생애가 바로 임종게 아니겠는가(唯我全生涯 卽是臨終 偈)?"라는 마지막 말씀을 남길 수 있었던 것이다.

세상 사람들이 '유언'이라고 말하는 것을 절집에서는 '임 종게'라고 부른다. 괄허 취여(括虛取如, 1720~1789)는 '임귀게(臨 歸偈)'라고 했다. 유게(遺偈) 혹은 사세게(辭世偈) 또는 열반송 (涅槃頌)이라고도 한다. 깨침의 순간을 노래한 오도송(悟道頌) 그리고 임종을 앞두고 남긴 열반송은 수행자의 내면세계를 압축적으로 보여주기 때문에 선(禪) 문학의 백미로 불린다. 특 히 '문자사리'의 결정판인 임종게는 떠나는 이보다는 남아 있 는 사람들을 위한 것이다. 그래서 남은 이들이 '멋진 임종게' 에 필요 이상으로 집착하는 경향도 나타나기 마련이다.

송나라 혜홍 각범(慧洪覺範, 1071~1128)이 편집한『임간록 (林間錄)』에는 임종을 앞둔 스승 앞에서 제자들이 훌륭한 임종 게를 남겨줄 것을 부탁하는 장면을 기록해 두었다.

영암 대본(靈巖大本) 선사가 80세에 임종하려고 하자 제자 들이 이구동성으로 청하였다.

"스님의 도는 천하에 두루하니 오늘 게송을 지어 말씀하 지 않으면 임종하실 수 없습니다."

그 말을 들은 대본 스님은 한동안 제자들을 물끄러미 바라보다가 말했다.

"이 어리석은 놈들아! 나는 평소에도 게송 짓기를 게을리 했는데 오늘이라고 특별히 무엇을 하라는 말이냐?"

앞뒤가 딱딱 맞아 떨어지는 절창(絶唱, 뛰어난 시)으로 읽는 이의 심금을 울리는 임종게도 많지만 침묵 그 자체를 임종게로 남긴 경우도 부지기수다. 현대의 봉암사 조실 서암(西庵, 1914~2003) 대종사는 '남길 말씀이 없느냐'는 제자들의 부탁에 "그 노장 그렇게 살다가 그렇게 갔다고 해라."라는 한 마디만 남겼다. 삶도 별것 아니지만 죽음 역시 별것 아니라는 뜻일 게다.

어쨌거나 장자와 승조는 당신 삶의 편린을 12자로 압축한 선시를 남겼다. 하지만 보통 사람까지 공감했던 12자 명품 시도 외우려고 하니 힘이 들었다. 그래서 서울 북한산 도선사(道詵寺) 입구의 돌 기둥에는 여덟 자로 '확' 줄여서 새겼다.

천지동근(天地同根)
만물일체(萬物一體)

하늘과 땅은 그 뿌리가 같고
세상만물은 하나다.

# 아홉 용이 물을 뿜다

右脇誕金軀
우 협 탄 금 구

九龍噴香水
구 룡 분 향 수

오른쪽 옆구리에서 금빛 붓다 탄생하시니

아홉 마리 용이 한꺼번에 향탕수를 뿌리네.

2010년 가을 '한·중·일 불교대회' 참석차 중국 강소(장쑤江蘇)성 무석(우시無錫)의 영산범궁(靈山梵宮)을 찾았다. 입구에는 청동으로 만든 아홉 마리 용이 하늘을 향해 물을 뿜으며 30미터 높이 둥근 기둥 위의 아기 붓다를 목욕시키는 장면을 연출하고 있었다. 장관이었다. 잔잔한 명상 음악과 함께 물줄기가 높낮이로 한동안 춤을 췄다. 이윽고 꼭대기의 연꽃 봉오리가 천천히 열렸다. 그 속에는 한 손으로 하늘을 가리키고 다른 한 손으로 땅을 가리키며 '탄생불(誕生佛)'이 서 있었다. 아홉 물줄기가 집중되는 피날레에 순례객과 관광객의 찬사가 쏟아졌다.

고대 인도의 크고 작은 나라의 모든 왕자들은 왕위에 오르기 위한 통과의례로 이마에 물을 붓는 관정식(灌頂式)을 치렀다. 카필라국 왕자 출신인 붓다도 마찬가지였다. 하지만 당신은 제왕(帝王: 정치적 지도자)이 아니라 법왕(法王: 정신적 지도자)을 지향했다. 그래서 관정식은 구룡(九龍)이라는 매개체를 통해 또 다른 의미가 부여됐다.

구룡을 중국식 표현으로 바꾼다면 구주(九州)라고 하겠다. 구주는 전 국토를 가리킨다. 인도 전역의 9대 강물을 입에 가득 머금은 채 아홉 마리의 용이 날아왔다. 관정식을 마친 후 그 물은 다시 성수(聖水)가 돼 인도 전역을 적시며 굽이굽이 흘렀다. 강물이 마른 땅을 적시는 것처럼 법왕의 가르침은 메

마른 마음 땅[心地]을 적셨다. 한반도의 2,561번째 '부처님오신날' 관정식은 4대 강물을 합수(合水)한 물로써 사분오열된 번뇌 불길을 식혀야겠다.

이 게송은 원오 극근(圓悟克勤, 1063~1125) 선사의 '부처님오신날' 축시(祝詩)의 일부다. 스님은 사천(쓰촨四川)성 성도(청두成都)시 북서쪽 팽주(펑저우彭州)의 낙(駱)씨 집안 출신이다. 송대(宋代) 임제종을 대표하는 선지식으로 선종(禪宗)의 최고 명저로 평가되는 『벽암록』을 남겼다.

부인도 무시한 낙방자를
반겨주는 것은 강아지뿐

十方同一會
시 방 동 일 회

各各學無爲
각 각 학 무 위

此是選佛處
차 시 선 불 처

心空及第歸
심 공 급 제 귀

사방팔방에서 다함께 모여

각각 무위법을 배우네.

여기는 부처를 뽑는 곳

마음을 비워 급제해서 돌아가네.

흔히 '방거사(龐居士)'라고 불리는 방온(龐蘊, ?~808)이 남긴 「심공급제게(心空及第偈)」이다. 여기에 '급제(及第)'라는 말이 나온다. 깨닫는 것은 '급제'라고 했으니, 깨닫지 못한 것은 '낙제(落第)'가 되겠다. '급제'라는 말을 통해 그의 행적이 과거 시험과 밀접한 연관이 있다는 사실을 짐작하게 해준다. 그는 젊은 시절 단하 천연(丹霞天然, 736~824) 선사와 더불어 과거 시험을 위한 공부를 했다. 과거장으로 가던 도중 머물던 여관에서 어떤 객승을 만났다. "과거장이 아니라 선불장으로 가는 게 어떠냐?"는 말 한 마디에 두 사람은 발길을 돌려 마조 도일(馬祖道一, 709~788) 선사를 찾아갔다. 질문과 대답 끝에 가치관의 대전환이 일어나면서 이 게송을 짓게 된다. 하지만 그는 출가하지 않았고 가족과 함께 수행하는 재가 거사의 표상으로 남았다.

'선불처(選佛處)'는 마조 스님 문하(門下)를 의미하는 선불장(選佛場)을 말한다. 선원을 개설한 이유는 선량(選良)이 아니라 선불(選佛)을 위함이다. '과거장(科擧場: 관리를 선발하는 곳)'의 의미를 빌려와서 '선불장(選佛場: 부처를 뽑는 곳)'으로 바꾸었다. 우리나라에도 '승가고시' 흔적이 지명으로 남아 있다. 서울 강남 봉은사 앞 무역회관 자리가 '승과평(僧科坪)'이다. 같은 이름이 광릉 봉선사에도 있다. 당나라 '선불장'을 조선식으로 바꾼다면 '승과평'이 될 것이다. 그리고 현재 봉은사에서 가장 오래된 목조 건물에 붙어 있는 '선불장' 현판은 이러한 당나라와 조선의 과거(科擧) 역사를 동시에 보여주고 있다.

과거 시험에 몇 번씩 떨어진 당사자의 심경은 어떨까? 당나라 장계(張繼, 생몰연대 미상)는 낙방 후 바로 집으로 가지 못하고 다리 아래 세워둔 배에서 하룻밤을 묵었다. 이미 달은 지고 까마귀가 울고 있는 서리가 가득한 하늘 아래에서 잠까지 설쳤다. 한밤중에 한산사(寒山寺) 절에서 들려오는 종소리를 듣다가 그 처연한 심정을 「풍교야박(楓橋夜泊)」이란 절창(絶唱)으로 남겼다. 낙방의 심경을 노래한 것이지만 그 공감력으로 인하여 대대로 전해지면서 유명세를 탔다. 급제했던 수많은 관료들의 명함은 어느 누구도 기억하지 못하지만 낙방한 그의 이름은 오늘까지 사람들의 입에서 입으로 오르내리고 있다.

홀홀단신이라면 낙방해도 툴툴 털고 다음을 기약하면 되겠지만 식솔이 딸린 가장이라면 문제는 복잡해진다. 아무리 가족은 내 편이라고 하지만 '낙방'은 무슨 말로도 위로가 될 수 없을 것이다. 당나라 중엽 조씨(趙氏) 부인이 지은 「부하제(夫下第: 남편의 낙방)」에 관한 시는 이런 복잡미묘한 심경을 잘 보여준다. 해마다 낙방이라는 고배를 마시니 가족이야 그렇다치더라도 동네 사람 보기에도 민망했다. 깜깜하여 누군지 알아볼 수 없을 때 집으로 들어오라고 부탁 아닌 부탁을 해야 했다. 낙방생을 맞이하는 부인의 안타까움과 원망이 동시에 묻어난다.

양인적적유기재(良人的的有奇才)
하사연년피방회(何事年年被放回)
여금첩면수군면(如今妾面羞君面)
군약래시근야래(君若來時近夜來)


낭군께서 분명 남다른 재능 있는데
어찌하여 해마다 그냥 돌아오시나요.
이젠 저도 그대 뵙기 민망하오니
오시려거든 날 어둑해지면 그때 돌아오세요.


제삼자인 가족이 아니라 시험 당사자였던 당청신(唐靑臣)은 대놓고 스스로 「낙제시(落第詩)」를 썼다. 그 역시 낙방 후 고향으로 바로 오지 못하고 장계처럼 여기저기 기웃거리다가 거의 거지 몰골이 되어 집으로 돌아왔던 것이다. 가족들은 아무리 표정을 감추고서 반갑게 맞이하려고 해도 표정 관리가 되지 않았던 모양이다. 그건 부인이건 자식이건 모두 마찬가지다. 그럼에도 불구하고 집안에는 무조건 반겨주는 녀석이 있다. 마당에 있는 누렁이다. 예나 지금이나 이 맛에 반려견을 키우는 모양이다. 충견에게는 낙방해도 내 주인이고, 급제해도 내 주인이라는 사실은 여전히 변함없기 때문이다.

부제원귀래(不第遠歸來)
처자색불희(妻子色不喜)
황견흡유정(黃犬恰有情)
당문와요미(當門臥搖尾)


급제하지 못하고 먼 길을 돌아오니
처자의 낯빛에 반기는 기색 없네.
누렁이만 흡사 반갑다는 듯
문 앞에 드러누운 채 꼬리를 흔드네.

방 거사를 비롯한 수많은 젊은이들이 과거장을 포기하고 선불장으로 간 것은 경쟁률도 경쟁률이지만 당시 과거 제도의 문란도 한몫했다. 실력 있는 수험자는 차고 넘치는데 소수의 합격자는 이미 따로 내정되었다. 모르긴 해도 방 거사와 수재(秀才: 단하 천연 스님의 본명) 거사도 실력과 상관없이 몇 번씩 낙방이라는 고배를 마셨을 것이다(물론 자랑할 만한 일은 아닌지라 그

런 기록은 남기지 않았다). 그래서 '과거장이 아니라 선불장으로!'
란 말 한 마디에 바로 '필(feel)'이 꽂힐 수 있었던 것이다. 이후
마조 대사 문하의 기라성 같은 선불(選佛)들은 당나라 사상계
와 종교계의 주류로 등장하게 된다. 어쨌거나 과거장 출신들
은 과거장 출신답게 주어진 몫을 다하고, 선불장 출신들은 선
불장 출신답게 자기 본분을 다하면 될 일이다.

# 고인돌

비스듬히 섰더라도 기둥 노릇 포기 않고
날아갈 것 같은데도 지붕 역할 마다않네

두물머리에서 글 읽으며 노년을 보내다

千卷圖書供白首
천 권 도 서 공 백 수

百年塵垢洗滄浪
백 년 진 구 세 창 랑

천 권의 도서로 늘그막을 보내니

백 년의 번뇌를 푸른 물결에 씻어내네.

병자호란 당시 조정 대신은 남한산성으로 피신했다. 협상이 최선이라는 현실적인 주화파와 끝까지 싸워야 한다는 명분론의 주전파가 대립했다. 최명길(崔鳴吉, 1586~1647)은 주화파였다. 전쟁이 끝나도 후유증은 길었다. 주전파인 신익성(申翊聖, 1588~1644)과 함께 각기 다른 이유로 요령(랴오닝遼寧)성 심양(선양瀋陽)까지 잡혀가 억류됐다가 귀국했다. 정치 노선은 서로 달랐지만 비슷한 연배에 여러 가지 경험을 공유한, 그래서 미운 정 고운 정이 뚝뚝 묻어난다.

이 작품의 무대는 신익성의 별장인 백운루(白雲樓)이며 시를 지은 이는 최명길이다. 위치는 두미협(斗尾峽, 팔당댐 근처)이다. 예전에는 두물머리(양수리)에서 서울 광나루까지 흐르는 한강을 따로 두미강(斗尾江)이라고 부를 만큼 지명의 존재감이 적지 않았다. 신익성은 정쟁으로 춘천에 유배당한 부친을 뵈러 오갈 때 한강 뱃길을 이용하던 중 이 명당을 발견했다. 만년에는 이 자리에 초당을 짓고 원림을 가꿨다. 그는 조경과 건축에도 일가견을 가진 인물이다. 김포에 별서(別墅: 별장)를 지은 아버지 신흠(申欽, 1566~1628)에게 배운 안목이다.

신익성은 글과 그림에 능했다. 이 덕분에 그 별장의 풍광을 묘사한 그림이 오늘까지 전해 온다. 그림 한쪽에는 승려와 선비가 바위 위에 마주앉은 모습을 양념처럼 보탰다. 1638년 인근 수종사(水鐘寺)에 머물고 있는 계화(戒華) 스님이 글을 얻으려 왔던('時有山僧來乞章') 일도 시로 남겨놓았다. 그의 문집 『낙전당집(樂全堂集)』에는 "내가 세속을 끊은 것은 아니나 참선을 좋아하여(吾非絕俗而愛禪)"라고 하면서 마음수행 역시 게을리하지 않았다.

두 사람은 정쟁과 전란 때문에 오욕(汚辱)으로 점철된 일생이었다. 늦게나마 유유자적하며 백 년의 번뇌를 씻어내는 신익성을 부러워하는 최명길의 귓가에도 "수종사의 경쇠 소리가 새벽 달빛에 울리고(水鐘曉磬鼓殘月)" 있었다.

맑지도 탁하지도
높지도 천하지도 않은 경지


孤石春風厲
고 석 춘 풍 려

荒祠蘚色滋
황 사 선 색 자

至今江上女
지 금 강 상 녀

照水正蛾眉
조 수 정 아 미


외로운 바위에는 봄바람이 거세고
황량한 사당에는 이끼가 무성하네.
지금은 강가의 여인들
강물에 얼굴 비춰 눈썹을 단장하네.

임진란 때 진주 촉석루 아래 의암(義巖)에서 1593년 논개(論介)는 왜장을 껴안고 남강 물에 뛰어들었다. 이후 절개를 기리고 넋을 달래기 위해 진주성 안에 사당을 세웠다. 구한말 나라가 바람 앞의 등불처럼 위태로울 때 김택영(金澤榮, 1850~1927) 선생은 그 시름을 달래기 위해 논개 사당을 찾았다. 그 자리에서 「의기가(義妓歌)」 3수를 지었는데 그 가운데 한 편이다. 보아하니 사당은 제대로 손길이 미치지 않아 황량했고 이끼까지 무성하게 덮혀 있는 상태였다. 300년 전 어떤 여인은 나라를 구하고자 자기 몸을 강물에 던졌는데 지금의 아낙네들은 그 강물을 눈썹을 그릴 때 거울로 사용하고 있더라는 내용이다. 몇백 년 세월이 흐르면서 하나같이 전란의 수모를 까마득히 잊었거나 아니면 이미 지나간 옛일처럼 여기는 세태를 보면서 만감이 교차하는 당신의 심경을 잘 드러내고 있다.

부산대학교 부설 점필재연구소에서 연구교수로 근무하는 창선 선생이 보낸 소포 한 상자가 왔다. 총 아홉 권의 『소호당집(韶濩堂集)』이다. 세 권은 원문이며 여섯 권은 한글 번역본인데, 그 중 한 권은 시문 모음집이다. 완월사, 화장사, 지리산 보연 스님, 관촉사, 쌍계사, 속리산 사자암, 회암사 등 절집을 배경으로 지은 시도 적지않게 보인다. 그리고 익숙한 해인사, 가야산 홍류동을 지나 거창 수승대 그리고 진주 촉석루를 거쳐 논개 사당에 이르는 노정은 그대로 함께 따라가는 것처럼 눈앞에서 그려졌다. 그 많은 시문 가운데 눈길은 「의기가」에서 멈춘 뒤 한동안 움직일 줄 몰랐다.

창강(滄江), 또는 소호당(韶濩堂)이란 호를 사용한 김택영 선생은 동아시아 격변과 망국의 상황을 몸소 겪으면서도 전통적인 지식인으로서 올곧은 삶을 흐트러짐 없이 지키고자 엄청 노력했다. 또 자신의 시문 고치기를 반복하면서 사소한 흠결도 용납하지 않았으며 자기 문집을 제자나 후손이 아니라 몸소 편집하고 다듬어서 직접 출간했다. 그리고 자신의 사후에 세인들에게 이러쿵저러쿵 입방아에 오르는 것조차 싫은지라 스스로 자기의 일생을 정리한 자지(自誌)까지 남길 정도로 깔끔한 어른이었다. 이에 정출헌 교수가 집필한 『소호당집』 해제(解題) 속에서 필요한 자지 내용 몇 가지를 추렸다.

23세 되던 해 겨울에 명나라 문장가 귀유광(歸有光, 1506~1571)의 글을 읽다가 홀연히 깨달아 가슴속에 마치 뭔가 열리는 소리가 들리는 것 같았다고 했다. 선종(禪宗) 식으로 표현하자면 '한 소식'을 한 것이다. 당나라 육조 혜능(六祖慧能, 638~713) 선사도 나무꾼 시절에 지나가던 객승이 읽는 『금강경』 소리에 마음이 순간 밝아졌고, 고려 보조 지눌(普照知訥,

1158~1210) 스님은 대혜 종고(大慧宗杲, 1089~1163) 선사의 『서장(書狀)』을 보다가 마음이 훤하게 열리는 경험을 했다는 이야기를 연상케 한다.

임오군란 때 청나라의 남통(南通)에서 온 장건(張謇, 1853~1926)·장찰(張察, 1851~1939) 형제가 선생의 작품을 읽고는 "이런 시는 바다를 건너온 이래 처음 보는 것이다."라고 극찬하면서 찾아온 그들과 의기투합하면서 글벗이 되었다. 이후 을사년(1905) 봄에 망국의 한을 안고서 장건의 도움을 받아 중국으로 망명했다. 형제가 설립한 한묵림인서국(翰墨林印書局)에서 책 만드는 일로 생활비를 조달하면서 살았다.

1920년 71세 때 지은 묘지명(墓誌銘) 같은 자찬의 마지막은 이렇게 끝을 맺고 있다.


기행야불청불탁(其行也不淸不濁)

기문야불고불비(其文也不高不卑)

갈일생지력이위문(竭一生之力以爲文)

이기종야지어사(而其終也止於斯)

희기비(噫其悲)


그 행실은 맑지도 탁하지도 않았으며

그 시문은 높지도 낮지도 않네.

일생을 힘을 다해 시문을 지었으나

마침내 여기에서 그치고 마니

아! 슬프도다.

78세에 세상과 인연을 다하니 강소(장쑤江蘇)성 남통(南通)의 고교(高橋) 북쪽에 미리 마련해 둔 무덤에 묻혔다. 망명한 우국지사(憂國志士)지만 스스로 시인이라는 정체성을 분명히 밝힌 까닭에 문우(文友)인 장찰은 묘비 전면에 '한국시인 김창강지묘(韓國詩人金滄江之墓)'라고 기록했다. 자신의 삶은 불청불탁(不淸不濁)이며 자신의 글은 불고불비(不高不卑)라고 자평했다. 이 말 속에서 선생의 일상생활은 넘치지도 모자라지도 않는 중도(中道)적 삶을 추구했음을 알게 해준다.

# 술을 대신하여 차를 권하다

喫茶飮酒遺一生
끽 다 음 주 유 일 생

來往風流從此始
내 왕 풍 류 종 차 시

차와 술을 즐기며 일생을 보냈는데
오고 가는 풍류는 여기서 시작이라.

서울 종로에는 찻집이 많다. 더불어 풍류객의 발걸음도 잦다. '오설록'과 '공차(貢茶)'는 나름 개성 있는 퓨전차로 젊은이까지 끌어당긴다. 어느 중국차 전문점은 실내에 칸막이 삼아 설치한 유리판에 색을 넣고 무늬를 이용해 이 글을 원문으로 새겼다. 풍류를 안다면 우리 가게로 오라는 광고까지 겸했다.

이 시는 고려 이규보(李奎報, 1168~1241, 호 백운白雲) 거사의 「유다시(孺茶詩)」 일부다. 엄청 길지만 두 줄만 남기고 아래위를 쓱 잘랐다. 14자가 고갱이인지라 크게 문제될 것도 없다. 아무리 좋은 시라고 할지라도 이제 긴 시는 보기만 해도 숨이 차다. 2행으로 줄이니 외우기도 쉽고 남에게 전하기도 좋다. 성질 급한 SNS(사회 관계망 서비스) 시대에는 짧은 글이 대세다. 하기야 오래전부터 선시(禪時)와 일본 하이쿠(俳句)는 압축 시가 어떤 것인지를 이미 보여준 바 있다.

900여 년 전 어느 날 노규(老珪) 선사는 어린 찻잎으로 만든 조아차(早芽茶)를 시음하는 다연을 베풀었다. 귀한 차를 대접받은 백운 거사는 이 시로써 답례했다. 거문고와 술과 글을 좋아해 '삼혹호(三酷好) 선생'이라는 별명답게 일생에 남길 것은 차와 술 먹는 일뿐이라며 풍류를 즐겼다. 다례(茶禮)를 '차례'로 읽으면서 차가 더러 술로 바뀌기도 했다.

이규보의 벼슬살이 체취를 해인사에서 만났다. 다실이 아니라 장경판전에서다. 팔만대장경을 조성할 무렵 몽골 침략 전후 사정을 기록한 「군신기고문(君臣祈告文)」의 필자인 까닭이다. 통로에 걸어놓은 한글 번역문이 당신을 대신해 문화 해설사 노릇을 하고 있다. 내친김에 대장경을 판각했다는 강화도 성지를 찾아가면서 당신 무덤까지 들렀던 기억도 이제 아련하다.

# 범종을 치면 작은 소리들은
## 사라지는 법

傳燈讀罷鬢先華
전 등 독 파 빈 선 화

功業猶爭幾洛叉
공 업 유 쟁 기 낙 차

午睡起來塵滿案
오 수 기 래 진 만 안

半簷閑日落庭華
반 첨 한 일 낙 정 화

전등록 읽다 보니 구렛나루 먼저 희고

애써 공부와 다툰 세월이 얼마인가?

낮잠에서 깨어보니 책상 위엔 먼지만 가득한데

처마 끝에 반쯤 든 한가한 햇살 아래 뜨락의 꽃이 지네.

저자인 노소(老素) 선사는 은둔으로 일관한 삶이었기에 행적은 알려진 것이 별로 없다. 짐작컨대 노(老) 자는 존칭어이며 그나마 이름이라고 해봐야 '소(素)' 한 글자만 전한다. 원(元)나라 천력(天曆: 1329~1330) 연간에 어떤 선객이 얻어온 친필 게송 3수가 현재 남아 있는 유일한 흔적이라 하겠다. 그 선시는 후대에 전해지지 못할까 봐 주변에서 걱정할 정도로 수작이다. 다행히 세 편 모두 『산암잡록(山菴雜錄)』에 실려 있다. 그 가운데 한 편만 인용했다.

한족 국가인 송나라가 망하고 몽골족이 세운 원나라 아래에서 많은 사회적 변화가 뒤따랐다. 같은 불교지만 송나라 불교와 원나라 불교(티베트불교의 한 종파로, 흔히 라마교라고 부른다)는 결이 달라도 너무 달랐다. 그 바람에 많은 선사들이 일본으로 망명할 정도였다. 중원에 남아서 선종 가풍을 지킬 수 있는 방편으로 은둔을 선택한 경우가 많았다. 『산암잡록』은 원대(元代) 선종 집안에서 있었던 일들을 이야기 식으로 나열한 사서(史書) 형식의 책이다.

편집인 무온 서중(無慍恕中, 1309~1386) 선사는 강소(장쑤江蘇)성 태주(타이저우台州) 임해(臨海) 사람으로 진(陳)씨 집안 출신이다. 경산사(徑山寺, 절강성 항주)로 출가하였으며 임제종 양기파 축원 묘도(쓰元妙道, 1257~1345) 스님의 법을 이었다. 원나라가 쇠하고 명나라가 일어나는 시기에 활동했다. 선종에 관한 기록이 별로 없는 원나라 시대를 정리해 달라는 장경중(張敬中)의 부탁을 받고 『산암잡록』을 썼다고 한다. 그 역시 세상에 나가기를 싫어하여 행각과 안거로 일생을 보냈다. 1374년 일본의 초청에 응하라는 나라의 부탁을 사양하고 천동사(天童寺, 절강성 영파)로 돌아가서 이 책을 집필하기 시작했고 1378년 무렵 탈고했다.

한 방울의 물에도 천지의 은혜가 스며 있고 한 톨의 곡식에도 만인의 노고가 깃들어 있다. 어떤 작가는 '봄부터 한여름, 가을까지 그 여러 날 비바람 땡볕으로 익어온 쌀'이라고 표현했다. 생각해 보면 한 그릇의 밥이 내 앞에 올 때까지 정말 많은 이들의 노고가 숨어 있다는 것을 알게 된다. 게다가 자연의 혜택까지 더해진다. 서두에서 인용한 시 한 수도 마찬가지다. 먼저 지은이가 있다. 그다음에 전달한 사람이 있다. 공개되면서 작품에 대한 평가가 더해진다. 보존 가치가 있다고 판단한 후 기록했다. 기록된 책이 여러 가지 이유로 없어지지 않도록 잘 건사해야 한다. 그래야 후대까지 전해지기 때문이다. 밥 한 그릇만큼 옛시 한 편에도 만인의 노고가 숨어 있는 것이다. 따라서 한 수 한 수마다 밥 한 술을 오래오래 입안에서 씹듯이 음미해야 하는 이유가 된다.

우연한 기회에 노소 선사를 만나 시 세 편을 얻은 이름 없는 선객은 그 내용이 자기의 안목으로 왈가왈부할 수 있는 수준이 아니었다. 그래서 스승인 귀원(歸源) 선사에게 평가를 부탁했다.

"그가 세상에 나와 설법하지 않았던 것은 매우 유감이지만 게송을 보니 마치 큰 범종을 한 번 치면 모든 소리들이 사라져버리는 듯한 느낌이다. 어찌 그가 설법을 하지 않았다고 말할 수 있겠는가?"

시 세 편이 평생 법문한 업적에 비견될 정도로 수작이라는 착어(着語: 덧붙이는 말)를 달았다. 더불어 실전(失傳: 전해 오던 사실을 알 수 없게 되는 일)할까 봐 염려하는 말까지 보냈다. 뒷날 무온 선사가 야무지게 기록했다. 한글로 번역된 『산암잡록』을 읽다가 이 선시를 만났다. 하긴 벽돌 두께만 한 책 한 권을 읽었다 해도 건질 만한 말은 한두 구절 정도다. 선시 세 편에 당신의 평생 살림살이가 모두 녹아 있다는 말이 어찌 과장된 표현이겠는가?

그럭저럭 큰 허물 없이 살아온 일생을 되돌아보며 자기연민 없는 은둔자의 무덤덤한 심경을 잘 드러낸 선시라 하겠다. 참선하면서 짬짬이 『전등록(傳燈錄)』(선사들의 전기 모음집)을 읽다 보니 세월이 흘러 벌써 귀밑털이 하얗게 바뀌었다. 원문 속의 낙차(洛叉)는 시간 단위다. 일십만 년이 1낙차다. 그래서 낮잠은 그냥 낮잠이 아니다. 그야말로 일장춘몽을 거듭하기를 헤아릴 수도 없을 만큼 반복하며 지나간 세월이리라. 신선들이 바둑 한 판을 두는 사이에 이미 나무꾼의 도낏자루가 썩었더라는 『술이기(述異記)』의 기록처럼 책상 위에 쌓인 먼지가 오늘의 춘몽(春夢)을 증거하고 있다. 그럼에도 불구하고 꿈은 꿈이고 현실은 현실이다. 현실세계로 돌아오니 마당에는 얼마 전에 핀 꽃이 말없이 지고 있었다. 하릴없는 한도인(閑道人)의 경지를 잘 보여준다.

책이 천 권이요, 술은 백 병이라

## 나팔꽃

마당으로 내려오다가
담장 향해 올라가다가
서로 만난 두 송이 꽃

# 고관대작 무덤보다
## 구석의 허난설헌 묘를 찾는 까닭은

芙蓉三九朶
부 용 삼 구 타

紅墮月霜寒
홍 타 월 상 한

붉은 연꽃 스물일곱 송이가

찬 서리 달빛 속에 지는구나.

조선 중기 천재 여류시인 난설헌(蘭雪軒) 허씨(許氏, 1563~1589)의 「몽유광상산(夢遊廣桑山: 꿈에서 광상산과 노닐다)」의 일부이다. 광상산은 동해에 있으며 공자가 도를 깨치고 참 임금이 되어 다스린다고 도교에서 말하는 곳이다. 이처럼 그녀는 늘 신선 세계를 동경했다. 8세 때 지었다는 「광한전백옥루상량문(廣寒殿白玉樓上樑文)」은 광한전(달 속의 여인 항아가 산다는 궁전)에 새로 지은 백옥루의 상량식에 초대받은 것을 상상하면서 지은 글이다. 자(字)인 경번(景樊) 역시 중국의 여신선인 번부인(樊夫人)을 사모하여 스스로 부른 이름이다. '항상 난초 같은 청순함과 하얀 눈의 깨끗함이 함께하는 집'이라는 뜻의 난설헌도 그 연장선상이라 하겠다. 뒤집어 말하면 당신을 둘러싸고 있는 현실적인 환경이 그만큼 녹록치 않았다는 말이 된다. 당나라 시인 두목(杜牧, 803~852)을 흠모했다. 하지만 조선에서 태어난 것, 여자로 태어난 것, 한 집안의 며느리가 된 것, 이 모든 것이 버겁기만 했다. 결국 27세에 요절했다. 이 시가 임종게가 된 셈이다. 본문 속의 숫자인 3(三)·9(九)는 요즘식으로 바꾸면 3 곱하기 9, 즉 27이다.

묘소는 서울에서 가까운 곳이다. 중부고속도로에 진입한 지 10여 분 만에 빠져나온 경안 나들목 인근에서 멀지 않다. 초월, 지월, 설월 등 월 자를 돌림자로 사용하는 마을 이름을 보니 예로부터 달빛이 아름답기로 이름난 고장인 모양이다. 달이 하늘에 있을 때는 신선들의 소유겠지만 호수에 비칠 때는 비로소 인간 세계의 소유가 된다. 아니나 다를까 '경수(鏡水) 마을'이란 표지판이 보인다. 거울같이 맑은 물에 비친 달빛을 상상하며 신선 세계를 동경하던 그녀가 인간 세계에서나마 안식을 찾기에 적당한 터라는 생각이 들었다. 여느 묘소와는 달리 발품은 팔지 않아도 됐다. 묘역 앞이 바로 주차장인 까닭이다.

상·중·하 3단으로 이루어진 안동 김씨 묘역 가운데 하단이 난설헌의 묘(경기도 기념물 제90호)다. 원래 무덤은 현재 묘역에서 오른편 500미터 지점에 있었으나 고속도로 건설로 인하여 1985년 11월에 현재 위치로 이장했다는 안내판의 친절함을 뒤로 하고, 새로 만든 반질반질한 계단을 따라 올라가니 이내 묘역이 펼쳐진다. 남편은 둘째 부인과 합장되어 있고 당신은 혼자 묻혀 있지만 '주뚜(주관이 뚜렷한)답게' 무덤도, 비석도 당당하다. 금슬이 좋지 못했던 남편을 대신하여 살갑기만 한 두 자녀의 작은 무덤이 함께 하니 외롭지는 않겠다. 이장(移葬)할 무렵 함께 세웠다는 전국시가비건립동호회에서 만든 시비역시 뒷면에는 「곡자(哭子: 아들 딸을 여의고서)」를 새겼다. 앞면에 새겨진 「몽유광상산」과 더불어 이 묘역을 가장 잘 설명해주는 작품이 되었다.

거년상애녀(去年喪愛女)

금년상애자(今年喪愛子)

애애광릉상(哀哀廣陵上)

쌍분상대기(雙墳相對起)


작년에는 사랑하는 딸을 잃었고

금년에는 사랑하는 아들을 잃었다.

슬프구나! 광주 땅 언덕 위에

한 쌍 무덤을 서로 마주하여 만들었구나.


쌍분 앞에는 큰오라버니 허봉(許篈, 1551~1588)이 남긴 제문을 새긴 작은 비석이 오늘까지 누이동생과 외조카들을 달래주고 있다. 시집에서 인기 있는 며느리와 부인은 아니었지만 친정 집에는 여전히 우애 있는 형제들이 있었다. 허봉은 난설헌이 처녀 시절에도 당시(唐詩)의 대가인 이달(李達, 1539~1612. 호 손곡蓀谷)에게 전문적인 시 공부를 할 수 있도록 주선했다. 막냇동생 허균(許筠, 1569~1618)은 "자기 시를 모두 태우라."는 누나의 유언에도 아랑곳없이 남아 있는 작품을 추스르고 또 자기가 외우고 있던 누나의 시를 합해 300여 수를 모았다. 정유재란 이후 명나라 사신으로 와서 조선의 시를 수집하고 있던 오

명제(吳明濟)에게 전달했다. 1600년 무렵 명나라에서 난설헌 시 58수가 포함된 『조선시선』이 간행되었다. 또 이후 방문한 문인 주지번(朱之蕃)에게 『난설헌집』을 중국 문단에 소개토록 했다. 모두 그녀의 의사와 상관없이 막냇동생이 저지른 일이다. 1711년 분다야지로(文台屋次朗)에 의해 일본에서도 간행되었다. 이후 조선 땅으로 역수입되면서 그녀의 시는 재평가를 받게 된다. 그때나 지금이나 남의 나라 눈을 후하게 쳐주는 문화는 별로 달라진 게 없다. 하긴 '역주행'이라고 기분 나빠할 일은 아니다. 묻혀버리는 것보다 백 배 낫기 때문이다.

1846년 홍경모(洪敬謨, 1774~1851)가 편집한 『하남지(河南志)』 권3 「분묘(墳墓)」편 맨 끝에 "허씨의 묘는 초월면에 있다. 호는 난설헌이다."라는 기록이 남아 있다. 문제는 현재 묘역의 주인공이라 할 수 있는 시가(媤家) 어른들의 무덤에 대한 기록이 없다는 사실이다. 이 지역에 많고 많은 무덤 가운데 추리다 보니 그렇게 되었을 것이다. 영의정을 지내고, 도승지를 지내고, 이조참판으로 추증된 권문세족들이 강가의 모래 숫자만큼 많을 것이다. 집안 식구들을 제외하고 그것을 누가 일일이 기억하랴. 따라서 그런 직위나 자리가 아니라 남겨놓은 업적으로 평가하다 보니 며느리가 맨끝 한 줄로써 집안의 체면을 살린 셈이다. 허씨 집안의 '출가외인'이지만 안동 김씨 문중의

식구인 까닭이다. 문손들에게는 집안 묘역에 난설헌 묘가 얹혀 있는 형국이겠지만 찾아오는 사람들의 눈에는 난설헌 묘에 집안 어른들이 얹혀 있는 모습으로 보일 수도 있겠다. 왜냐하면 난설헌 묘를 찾은 김에 주변 어른과 재실의 역사를 함께 살펴보기 때문이다. 이것이 시인이 가진 힘이다.

# 영정을 보며 생전 모습을 찾다

八十年前渠是我
팔 십 년 전 거 시 아
八十年後我是渠
팔 십 년 후 아 시 거

팔십 년 전에는 그대가 나더니
팔십 년 후에는 내가 그대구나.

서산 휴정(西山休靜, 1502~1604) 대사가 묘향산 원적암(圓寂庵)에서 임종할 무렵 영정(影幀)에 직접 남긴 글[影讚]이라고 전한다. 뒷날 이 영정이 대사가 하던 역할을 일정 부분 대신할 것이라는 의미다. 이로써 짐작건대 열반 전에 이미 진영(眞影)이 존재한 것이다. 재세(在世) 시의 영정은 흔한 일이 아니다.

　생존 시 진영(도사圖寫) 제작은 권위의 상징이요, 죽은 뒤 만든 진영(추사追寫)은 후인들의 추모가 목적이다. 그리고 훼손 혹은 필요에 따라 뒷날 여러 점을 다시 베끼는 모사(模寫)도 있기 마련이다. 현재 남아 있는 고(古) 영정들은 대부분 모사라고 하겠다. 재미있는 것은 어진(御眞: 임금 영정)을 제외하고는 대부분 이른바 '얼짱 각도'로 그려졌다는 사실이다.

　일본 교토(京都) 고산사(고잔지高山寺)는 현존하는 원효(元曉, 617~686) 대사 영정 가운데 가장 오래된 것을 소장하고 있다. 13세기 작품이라고 한다. 더부룩한 수염과 검은 피부를 가진 담대하면서도 서민적 인상으로 묘사했다. 뒷날 이를 모사한 화가의 국적은 일본이지만(고려인이라는 설도 있긴 하다) 우리나라 화풍을 그대로 유지하고 있다는 점에서 원본에 충실했다는 평가를 받고 있다.

　영정은 진영(眞影)이라고도 한다. 인물의 겉모습인 영(影)과 내면적 모습인 진(眞)의 합성어다. 영(影) 속에 진(眞)을 최대

한 담아내기 위해 화공들은 심혈을 기울였다. 선가(禪家)에서는 '이영심진(以影尋眞)'이라고 했다. 그림자[影]를 통해 참[眞]을 찾아간다[尋]는 뜻이다. 영정의 주인공은 말할 것도 없고 그 영정을 보고 있는 당사자의 참모습까지 찾으라는 뜻이다.

영정을 모신 곳이 진영전(眞影殿)이다. 당나라 황벽(黃檗, ?~850) 선사가 재가(在家) 고수인 배휴(裴休, 797~870) 정승과 처음 만난 곳도 진영전이었다. 배휴는 대뜸 "진영은 여기에 있는데 그 고승은 어디에 있습니까?"라는 질문을 던졌다. 즉시 "그것을 묻는 배 상공(相公)은 어디에 있소?"라는 답이 돌아왔다. 없는 사람 찾지 말고 있는 당신이나 잘 살피라는 한 마디는 큰 울림을 주었다.

# '가기 싫다[不肯去]'고 버틴 곳

一月當天萬水殊
일 월 당 천 만 수 수

豈於夷夏作親疎
기 어 이 하 작 친 소

한 개의 달이 모든 강물에 비치지만
어찌 변방과 본토라는 차별이 있으랴.

중국 절강(저장浙江)성 영파(닝보寧波)에서 한 시간 거리에 있는 관음성지를 순례했다. 다리로 이어진 행정 중심 구역의 지명은 주산(저우산舟山)이다. 다시 15분가량 배를 타고 들어간 보타산(푸퉈산普陀山)은 섬 속의 섬이다. 사찰 수십 개가 마을을 이루다시피 한 '절섬(寺島)'이다. 그럼에도 원조는 있기 마련이다. 최초 가람은 '불긍거(부컨취不肯去) 관음원'이다. 이름이 예사롭지 않다. 불긍거는 '가기 싫다'는 뜻이다.

『불조통기(佛祖統紀)』에 따르면 혜악(에가쿠慧顎) 스님이 관음상을 일본으로 모시고자 했으나 파도 때문에 뜻을 이루지 못했고, 『고려도경(高麗圖經)』에선 신라 상인이 한반도로 이운하고자 했으나 이 역시 같은 이유로 실패했다. 그래서 이곳에 자리 잡은 것이 관음성지의 시작이었다. 스토리의 짜임새는 하나같이 비슷하지만 무대는 중국이고 주인공은 일본인, 한국인이 두루 등장한다. 8~9세기 창건 당시부터 한·중·일이 동시에 관계된 연합국 사찰인 셈이다.

종교는 국경이 없지만 종교인은 국경이 있으며, 불상은 국경이 없지만 옮기는 사람은 국적이 있다는 것을 보여준다고나 할까. 그 지역에서 2019년 가을 한·중·일 삼국의 불교계 인사 수백 명이 자리를 함께했다. 매년 한 차례씩 번갈아 가며 우의를 다지는 모임이다. 그 해는 중국불교협회가 주관했다.

같은 점을 찾고 다른 점을 서로 인정하는 구존동이(求存同異)의 시간을 보낼 수 있었다.

고려 진각(眞覺, 1178~1234) 국사의 『선문염송』에 의하면 고려 스님이 관음상을 조성해 명주(밍저우明州, 현재 닝보)에서 배로 옮기고자 하는데 꿈쩍도 하지 않았다고 했다. 이것을 이상히 여긴 주변인의 의문에 대한 장경 혜릉(長慶慧稜, 854~932) 선사의 대답 역시 같은 논조였다. 그 말을 듣고서 '하늘의 달이 지역을 구별하지 않는 것처럼 관세음보살의 자비심은 국적을 가리지 않는다'는 부연설명을 하느라고 지비자(知非子·子溫, ?~1296) 스님이 남긴 시다.

문밖을 나가지 않아도
천하의 일을 모두 알다

玄沙不出嶺
현 사 불 출 령

保壽不渡河
보 수 부 도 하

不出門知天下事
불 출 문 지 천 하 사

현사가 고개를 넘은 적이 없고

보수는 강을 건넌 적이 없다.

모두 문밖을 나가지 않았지만 천하의 일을 알았다.

무진(無盡) 거사 장상영(張商英, 1043~1121)은 사천(쓰촨四川)성 신진(新津) 출신이다. 『유마경』을 통해 불가와 인연을 맺은 후 참선 수행을 생활화하여, 송나라 거사불교를 대표하는 인물이다. 벼슬살이를 하면서도 많은 선사들과 교유한 덕분에 선어록 여기저기에 몇 가지 당신의 선문답까지 전한다. 이 선시는 호구 소륭(虎丘紹隆, 1077~1136) 선사의 어록에 기록되어 있다. 등장하는 인물인 현사 사비(玄沙師備, 835~908)와 보수(保壽=寶壽. 풍혈연소風穴延沼, 896~973) 선사는 일주문 밖으로 나가지 않았다고 했다. 그렇다고 해서 세상 돌아가는 것을 모르는 것도 아니었다. 그렇다면 그 비결이 무엇일까? 이를 신통력이라고 부른다.

각종 문명기기의 발달로 인하여 집 안에만 있어도 세상 돌아가는 것을 모두 알 수 있는 시대다. 각종 매체가 갖가지 세상 소식을 내 책상 앞에 배달까지 하면서 쏟아내기 때문이다. 하지만 당사자에게 별로 필요없는 것도 무조건 들이댄다는 점에서 문제가 적지 않다. 그래서 잘 골라서 듣고 봐야 하는 숙제를 동시에 안겨주었다. 어쨌거나 정보 홍수 속에서 나름의 안목을 갖추고 있어야 휘둘리지 않는다.

코로나19 시대에 인위적 이동 제한과 집합 금지로 인한 새로운 풍속도가 생겼다. 모이지 않아도 회의가 가능하고 출

근하지 않아도 회사 일을 처리할 수 있게 되었다. 등교하지 않고 집에서 강의나 수업을 듣는 것도 어려운 일이 아니다. 집 안에서 집 밖 일까지 할 수 있는 세상이다. 설사 집 밖으로 나가더라도 CCTV와 핸드폰을 연결하면 집 안의 이상유무까지 살필 수 있다. 이제 집 안과 집 밖이라는 구별이 없어진 것이다.

오래전부터 사람들은 천안통(天眼通)과 천이통(天耳通)이라는 신통력을 갖추길 꿈꿨다. 멀리 떨어진 곳에서 일어나는 일을 보고 들을 수 있는 능력이다. 산이나 건물로 막혀 있거나 혹은 거리가 조금만 떨어져도 보고자 하는 것이 보이지 않는다. 얇은 종이 한 장으로 앞을 가려도 육안은 제 기능을 발휘하지 못한다. 일타(日陀, 1929~1999) 스님은 순천 송광사 삼일암에서 정진할 때 어느 날 사방의 벽이 없어지면서 밖이 훤하게 보이더라는 경험담을 들려주었다. 일종의 천안통에 해당된다. 그 정도까지는 아니더라도 산길을 걸을 때 밤눈이라도 제대로 밝았으면 좋겠다. 어두운 빗길 밤 운전할 때 길바닥에 그어져 있는 노란선이라도 제대로 보였으면 좋겠다. 책을 좀 오래 보더라도 눈이 침침하지 않았으면 좋겠다. 왜냐하면 살아가면서 당장 필요한 천안통이 더 아쉽기 때문이다.

언젠가 고요한 겨울 밤에 눈 쌓이는 소리를 듣고자 귀를 쫑긋 세웠던 일은 내심 천이통을 기대한 까닭이다. 그때 '소리'란 들리는 게 아니라 차라리 보인다고 하는게 더 맞을 것 같다는 생각을 했다. 전화기와 도청 장치는 좋은 의미건 나쁜 의미건 들을 수 없는 것을 듣게 해준다는 점에서 천이통에 가깝다고 하겠다. 의사가 사용하는 청진기도 그 범주에 들어갈 것이다. 굳이 고전적인 수행 방법을 통하지 않더라도 기술문명의 힘을 빌리면서 대부분의 사람들이 천안통과 천이통을 갖추었다. 오히려 너무 잘 보이고 잘 들려서 더 문제가 되는 세상이 되었다.

하지만 이 정도로 만족할 수는 없다. 서면 앉고 싶고, 앉으면 눕고 싶고, 누우면 자고 싶다고 했던가. 한 단계 더 올라가서 해결해야 할 숙제는 타심통(他心通)과 숙명통(宿命通)이다. 타심통은 남의 생각을 읽을 수 있는 능력이다. 사극 드라마에서 본 기억이 있는 관심법(觀心法)이 그것이라 하겠다. 후삼국 시대에 궁예가 가졌다는 능력이다. 수사할 때 종종 등장하는 '거짓말 탐지기'도 이 영역에 들어간다고 하겠다. 하지만 그때나 지금이나 자칫하면 '생사람 잡는' 위험성을 지니고 있다.

하지만 타심통보다 더 중요한 것은 '너 자신을 알라'는 숙명통이다. 숙명통은 과거와 미래를 볼 수 있는 능력이다. 인간의 전생과 내생을 논하는 것은 능력 밖의 일인지라 언급하지는 않겠다. 하지만 이를 축소하여 경험적으로 유추해 볼 수는 있겠다. 어제는 나의 과거요, 내일은 나의 미래다. 왜냐하면 어제의 결과가 오늘이요, 오늘은 또 다시 내일이라는 결과의 씨앗이기 때문이다. 따라서 어제, 오늘, 내일, 그리고 하루하루 스스로를 살피는 일을 생활화한다면 그것이 바로 실생활 속에서 숙명통을 갖추는 일이 아니겠는가. 멀리서 찾지 말라고 했다. 밖에서도 찾지 말라고 했다. 숙명통도 이미 내 안에 갖추어져 있기 때문일 것이다.

불출호신변시방(不出戶身遍十方)
불입문상재옥리(不入門常在屋裏)


집을 나가지 않고서도 몸은 온 세상에 두루하고
문에 들지 않고서도 늘 집안에 있는 것처럼 하여지이다.

# 일지매, 절제 속의 처연한 미학

踏雪尋梅不見梅
답 설 심 매 불 견 매
竹間時見一枝梅
죽 간 시 견 일 지 매

눈을 밟으며 매화를 찾아도 없더니
대나무 사이로 문득 일지매가 보이네.

이승소(李承召, 1422~1484)는 본관이 양성(陽城)이며 호는 삼탄(三灘)이다. 조선 세종 때 등용된 뒤 집현전과 예문관에서 근무했으며 충청도 관찰사 및 이조와 형조의 판서를 역임했다. 여러 분야에 조예가 남달랐고 신숙주 등과 『국조오례의(國朝五禮儀)』를 편찬했다. 개인 문집인 『삼탄집(三灘集)』이 전한다.

삼탄 선생은 이른 봄 성급하게 원림의 매화를 찾아가는 탐매(探梅)를 즐겼다. 벼슬살이에 지쳤을 때는 북한산 진관사(津寬寺)에 머물고 있는 명신(明信) 스님을 찾았다. 수다를 통해 스트레스가 풀렸는지 "조계(불교)의 물을 빌려 갓끈(벼슬) 때문에 생긴 번뇌를 씻었다(借曹溪水濯塵纓)."고 했다. 어떤 때는 일암 전(一庵 專) 대사와 함께 흰 눈을 녹여 끓인 물에 우려낸 차[茶雪水煎]를 마셨다. 아마 그 차에 매화 한 잎까지 띄웠다면 모든 걱정거리가 순식간에 사라졌을 터다.

매화의 진정한 아름다움은 희소성에 있다. 많은 나무가 아니라 한 그루다. 한 그루 가운데 오직 한 가지에만 핀 것이 으뜸이다. 그래서 일지매(一枝梅)라고 부른다. 혼자 조용히 감상해야 제맛이다. 일본의 다조(茶祖)로 불리는 천리휴(센리큐千利休, 1522~1591) 선사는 이른 봄에 일지매를 실내로 끌어들였다. 소박하고 작은 다실 안에는 작은 족자 한 점과 꽃 한 가지만 꽂아둘 뿐이었다. 단순절제 속의 처연한 아름다움(와비사비

侘び寂び)을 추구한 것이다.

일지매는 꽃 이름으로 그치지 않았다. 조선 후기 조수삼 (趙秀三, 1762~1849)의 『추재기이(秋齋紀異)』에는 협객의 대명사로 기록됐다. 탐관오리의 재물을 훔쳐 어려운 사람들과 나눴기 때문이다. 밤손님으로 다녀간 현장에는 일지매를 붉은색으로 그려놓는(自作朱標刻一枝梅爲記) 담대한 미학까지 추구했다. 혹여 다른 좀도둑에게 누명을 씌울까 봐 염려한 까닭이다. 아름다움과 배려심으로 미뤄보건대 혹 여성 협객이 아닐까 하는 상상력까지 더해졌다. 뒷날 소설, 만화, 영화의 주인공으로서 각색을 거듭했다.

종소리는 양수리를 지나가는
나그네가 듣고

樓臨兩江水
누 임 양 강 수

簷帶半山雲
첨 대 반 산 운

누각은 양강의 물을 굽어보고
처마에는 산허리의 구름이 걸렸네.

호연지기(浩然之氣: 크고 올바른 내면의 기운)는 선비의 중요한 덕목이다. 벼슬자리에서 물러나 후일을 도모하며 자연과 더불어 호연지기를 길렀다. 하지만 잘 나갈(?) 때도 재충전을 위해 호연지기는 필요하다. 이 두 가지 이유로 심산유곡에 누각과 정자가 만들어졌다.

왕이 다녀가면 흔적이 남기 마련이다. 세조(1455~1468 재위)도 물 구경을 좋아했다. 한양 인근에선 양평 양수리 물이 제일이다. 하지만 두물머리 곁에 서면 두 강이 제대로 보이지 않는다. 큰 물이 그냥 호수처럼 펼쳐져 있을 뿐이다. 그래서 인근 운길산으로 올라갔다. 두 강의 만남이 잘 보이는 자리에서 관수(觀水: 물 구경)를 통해 호연지기를 길렀다.

이 인연으로 터를 닦고 누각을 세웠다. 짓는 비용보다 이후 관리비가 더 부담스럽다. '혼자 사는' 승려에게 맡기는 것이 '가성비'가 제일 높다. 국고도 아껴야 성군이다. 알고 보니 신라, 고려 때도 물 구경 명당과 사찰 역할을 겸하던 폐사지였다. 언제부턴가 수종사(水鍾寺)란 이름이 붙었다. 수종(水鍾)은 '물이 모인다'는 뜻이다. 춘추 시대 때 좌구명(左丘明)은 『국어(國語)』라는 역사책에서 "연못은 물이 모인 것이다(澤, 水之鍾也)."라고 풀이했다.

왕의 자리에는 충성스러운 선비들이 찾아왔고 앞다퉈 시

를 남겼다. 2002년 동산(東山) 스님은 수종사 관련 한시를 모아 『시선다(詩禪茶)』라는 책을 묶었다. 김창집(金昌集, 1648~1722)의 글도 빠질 수 없다. "돛대 그림자는 (수종사) 선원의 창문으로 떨어지고(帆影禪窓落), 종소리는 (양수리를) 지나가는 나그네가 듣는다(鍾聲過客聞)."라고 해 수종사와 양수리를 한 세트로 묘사했다. 김창집 선생은 조선 숙종 때 성리학자로 본관은 안동이며 호는 몽와(夢窩)다. 잦은 사화(士禍)로 유배와 복직을 거듭했다. 삼정승을 역임하고 『몽와집(夢窩集)』을 남겼다.

# 나무마다 모두 상복인 흰옷을 입었네

天皇崩乎人皇崩
천 황 붕 호 인 황 붕

萬樹靑山皆被服
만 수 청 산 개 피 복

明日若使陽來弔
명 일 약 사 양 래 조

家家簷前淚滴滴
가 가 첨 전 루 적 적

하늘 황제 죽으셨나 땅의 임금 죽었는가?
푸른 산 나무마다 모두 소복을 입었네.
만약 내일 햇님더러 조문하게 한다면
집집마다 처마 끝엔 눈물 뚝뚝 떨어지리.

김병연(金炳淵, 1807~1863)의 「설(雪)」이란 작품이다. 그의 본관은 안동, 호는 난고(蘭皐)이다. 김립(金笠)으로도 불렸지만 '김삿갓'이란 애칭으로 더 유명하다. 경기도 양주 회암사 인근의 회암동에서 태어났지만 전국을 방랑하면서 많은 작품을 남겼고, 전남 화순 동복면에서 세상과 인연을 마쳤다. 아들이 부음을 듣고 찾아가서 자기 집 근처인 강원도 영월로 이장했다. 연고지인 양주, 화순, 영월 지역에는 시비(詩碑)는 물론 문화제와 백일장 그리고 갖가지 기념 사업을 통해 시인을 선양하고 있다. 특히 무덤이 있는 영월의 하동면은 2009년 김삿갓면으로 이름을 바꾸었다. 이 모든 것은 경성제국대학 출신인 이응수(李應洙, 1909~1964) 선생이 1939년 『김립시집』(출판사 유길서점)을 출판했기에 가능한 일이다.

볼일이 있어 눈 내리는 종로 길을 걸었다. 잠깐 오다가 그치겠지 하고 나왔는데 그게 아니다. 눈앞이 흐릿해질 만큼 계속 쏟아지는지라 회색 모자와 목도리 속으로 얼굴을 반쯤 숨겼다. 걷기에는 다소 불편했지만 오가는 사람들 가운데 누구 하나 불쾌한 표정을 짓는 이가 없다. 이것이 자연이 주는 힘인 모양이다. 조심조심 반걸음으로 천천히 볼일을 마친 뒤 사무실로 돌아와서 이런저런 자료를 찾기 위해 인터넷을 검색했다.

SNS(사회 관계망 서비스) 여기저기 눈 내리는 풍경을 찍은 사진과 함께 짤막한 감상을 적은 글들이 줄줄이 올라온다.

누군가 김삿갓이 지은 설시(雪詩)를 올렸다. 눈을 바라보는 관점이 요즈음 사람들과는 또 다른 격을 보여준다. 국상(國喪)을 당했을 때 문무백관은 물론, 모든 백성이 흰옷을 입던 장면을 저절로 연상케 한다. 사극에서 보던 그 광경이 눈에 선하게 그려졌다. 삼황은 여러 가지 설이 있지만 김삿갓은 『사기(史記)』 「보삼황본기(補三皇本紀)」의 천황(天皇)·지황(地皇)·인황(人皇)설을 그대로 따랐다. 알아듣는 것조차 어려운 삼황오제의 복잡한 이름과 역할을 설명한 장황한 이론이 아니라 문자 그대로 하늘과 땅 그리고 인간을 다스리는 보편적인 개념으로서 임금을 상정했기 때문이다.

임금의 죽음을 붕(崩)이라고 한다. 법왕(法王)과 성군의 죽음에 대하여 사람은 말할 것도 없고 동물은 물론 산천초목까지도 슬퍼하기 마련이다. 혜능(惠能, 638~713) 선사가 열반에 들었을 때 "숲과 나무가 하얗게 변했다(林木變白)."라고 『육조단경(六祖壇經)』은 말하고 있다. 김삿갓은 눈에 덮인 산하대지와 나무들을 천황 혹은 인황의 죽음을 슬퍼하여 상복을 입은 것이라고 시각적으로 묘사했다. 거기에 더하여 눈물이 뚝뚝 떨어진다는 청각적 의미까지 더했다. 눈[眼]과 귀[耳]를 통해 눈 오는 날의 아름다움을 실감나게 묘사한 수작이라 하겠다.

그의 삶은 고달팠다. 처마 밑에서 비를 피하고 마당에서 부서진 개다리소반에 차려주는 밥을 얻어 먹으며 평생 노마드(nomade)로 살았다. 때로는 글을 아는 사람을 만나 호사하는 경우도 있었지만 그것은 어쩌다가 있는 드문 일이다. 그래도 가는 곳마다 작품을 남겼고 풍자와 해학을 통해 백성들의 사랑을 한몸에 받았다. 민중들의 정서를 가감없이 잘 대변했기 때문이다. 하지만 「설」은 양반 집안 출신다운 격조를 갖추었기 때문에 사대부 계층까지 많은 공감을 얻을 수 있었다.

어쨌거나 할아버지가 홍경래 난에 연루된 사건 이후로 100여 년 동안 벼슬길이 막힌 김삿갓 집안은 1908년(순종 2년)에야 비로소 복권된다. 하지만 을사조약(1905)으로 인하여 대한제국도 이미 이름뿐인 나라가 되었는지라 벼슬할 일도 없었다.

일제강점기에 손자인 김영진은 15세에 출가하여 청강 스님이 되었으며 여주군 금사면 이포리에 석문사를 창건했다. 1937년 월전(月田) 장우성(張遇聖, 1912~2005) 화백에게 탱화 제작을 의뢰했다. 두 집안은 이미 오래된 인연이 있는 데다가 26세 청년 화가에게 70세 노승이 한 부탁이었기에 거절할 수도 없었다. 그래서 한 번도 그려본 적이 없는 불화를 그리면서 저간의 앞뒤 사정을 1981년《중앙일보》'남기고 싶은 이야기' 코너에 기록해 두었다. 월전미술관은 현재 경기도 여주 설봉 공원 안에 자리잡고 있다.

눈 내린 날 지은 시 한 편을 통해 벼슬할 수 없는 집안 출신인 조선 후기의 불우한 천재시인 김삿갓을 만났다. 『김립시집』을 간행한 이응수 선생은 해방 후 북한에서 활동한 지식인이었다. 또 장우성 화백은 '친일 화가'라는 평가에서 자유로울 수 없는 이력을 가졌다. 이렇게 우리 근현대사에서 또 다른 시대적 아픔들이 녹아 있는 이면의 역사가 함께 함도 알게 되었다. 눈 내리는 밤에 달님이 찾아와 세 사람을 조문한다면 또 눈물을 뚝뚝 흘리겠지.

# 봄이 와도 봄이 아니구나

春來不復當年興
춘 래 불 복 당 년 흥

帖子無心向戶題
첩 자 무 심 향 호 제

봄이 와도 올해는 흥이 일어나지 않는지라

입춘첩을 문 위에 써붙이고 싶은 마음이 없네.

신흠(申欽, 1566~1628)의 본관은 평산(平山)으로, 고려 개국공신 신숭겸의 후손이다. 삼정승을 두루 역임하고 조선의 4대 문장가로 이름을 떨치며 『상촌집(象村集)』, 『야언(野言)』 등의 문집을 남겼다. 임진란 이후 폭주한 명나라와의 외교 문서 작업을 맡았으며 각종 의례 문서 제작에도 참여했다. 이후 정묘호란을 포함한 크고 작은 정치적 격동기에는 타의에 의해 김포로 낙향했다.

즐겨 사용한 '상촌(象村)'이라는 호는 김포 상두산(象頭山: 코끼리 머리처럼 생긴 산) 근처에서 머문 하방(下放) 생활 흔적이다. 그때 머물렀던 집 이름이 하루암(何陋菴)이다. '무엇이 누추하냐?'는 뜻이다. 이어진 춘천 유배지 거처를 '여암(旅菴: 여관)'이라 불렀다. 객실(?)에서 5년간 머물렀다. 한양의 정계를 떠난 어려운 시절에도 독서와 함께 좋은 글을 짓고 마음을 풍요롭게 가꾸면서 후일을 도모할 줄도 알았다. 당대의 일반적 지식인과 달리 언문(諺文: 서민 계층 글, 훈민정음)을 이용한 한글 시조도 30수가량 전해 오고 있다.

경북 성주 쪽 가야산 들머리의 회연서원에 있는 정구(鄭逑, 1543~1620, 호는 한강寒岡) 비문도 상촌 선생의 글이다. 이 자리는 백매헌(百梅軒)으로 불릴 만큼 매화로 유명한 곳이다. "매화는 일생을 추위 속에서 살아도 그 향기를 팔지 않는다(梅一

生寒不賣香).”라는 명문도 신흠의 『야언(野言)』을 통해 대중화됐다. '춘래불사춘(春來不似春)'이라고 했던가. 어느 해 봄날 몸이 아팠기에 봄이 와도 봄이 아니었다. 병고로 인해 마음까지 수척해졌다. 이 시는 이런저런 이유로 봄을 제대로 느낄 여유조차 없음을 고백한 작품인 것이다.

요즈음 '입춘대길(立春大吉)' 방(榜)을 내붙이는 사람도 귀하다. 입춘첩을 쓸 수 없을 정도로 전부 아픈 사람밖에 없나 보다. 그래도 입춘을 맞이하며 1년 내내 봄날이길 바라던 선조들의 지혜를 되살려볼 일이다. 절집 안 주변은 삼재(三災: 천재지변과 인재) 예방을 겸한 입춘첩을 내걸었다. 자연재해[天災, 地災]보다 사람 때문에 어려움[人災]이 더 많은 세상이다. 무난한 인간관계 역시 삶의 지혜라 하겠다.

# 자기 때를 알아야 한다

箇中何者眞三昧
개 중 하 자 진 삼 매
九月菊花九月開
구 월 국 화 구 월 개


이 가운데 어떤 것이 진짜 삼매인가.

구월 국화는 구월에 피는구나.

사람마다 취향이 제각각이다. 운문(雲門, 864~949)은 호떡을 좋아했고, 조주(趙州, 778~897)는 차(茶)를 즐겼다. 두 선사는 마시고 먹은 방법이 독특하다. 호떡을 먹을 때는 오직 그 일에만 전념했다. '호떡삼매'다. 밥을 먹으면서 딴 생각을 하거나 다른 일을 하면 밥맛을 제대로 알 수 없기 때문이다. 차를 마실 때도 오직 그 일에만 집중했다. 그리하여 취미인 '끽다(喫茶: 차 마시기)'를 '다선삼매(茶禪三昧)' 수준까지 끌어올렸다.

계절이라는 맛까지 더해지면 풍미가 한 차원 더 달라진다. 호떡은 차가운 겨울날, 차는 햇차가 나오는 늦봄이 맛의 절정이다. 겨울 하늘에 걸린 둥근 달을 보면서 운문의 호떡 맛 경지를 헤아리고 봄에 흐르는 개울물을 보면서 조주 차 맛의 경계를 음미했다. 그리하여 "산허리에 걸린 달은 운문의 호떡이요(山頭月掛雲門餅) 문밖에 흐르는 물은 조주의 차로다(門外水流趙州茶)."라는 시를 읊었다. 경남 양산 통도사 극락암에 머물던 경봉(鏡峰, 1892~1982) 선사의 작품이다. 하지만 남의 말만 인용하면 뭔가 부족하다. 둘 가운데 어떤 것이 이 시절에 어울리는 삼매일까. 계절은 가을이다. 당신의 살림살이를 두 줄 보탰다. 구월 국화는 구월에 피는구나. 정답은 국화삼매(菊花三昧)다.

그렇다. 뭐든지 시절을 잘 맞추어야 한다. 유방(劉邦,

BC256~195)의 책사 장량(張良, ?~BC189)은 자식들에게 "살구꽃은 삼월에 피고 국화는 구월에 핀다. 모두가 자기 때를 아는 까닭이다."라고 강조했다. 꽃이 피고 질 때를 아는 것처럼 사람도 나아가고 물러날 때를 제대로 알아야 한다는 가르침이었다.

서울 종로 조계사에는 '국화는 시월에 핀다더라'는 제목 아래 꽃 전시회가 한창이다. 음력 9월을 양력으로 환산하면 10월이다. 가을이 무르익는 날 '국화삼매'에 빠져볼 일이다.

# 책이 천 권이요, 술은 백 병이라

燁燁優鉢
엽 엽 우 발

朝華夕衰
조 화 석 쇠

翩翩金翅
편 편 금 시

載止載騫
재 지 재 건

빛나는 우담발라화
아침에 피었다가 저녁에 시들었네.
펄펄 나는 금시조
잠시 앉는가 했더니 곧바로 날아갔네.

다산(茶山) 정약용(丁若鏞, 1762~1836)은 혜장(惠藏, 1772~1811)이 40세 젊은 나이로 요절하자 제자들의 부탁을 받고서 지은 탑명(塔銘)의 첫 구절을 이렇게 시작했다. 그를 삼천 년 만에 한 번 피는 우담발라화이며 수미산까지 날갯짓 한 번으로 단숨에 날아가는 금시조에 비유했다. 고인에 대한 말 인심은 어느 시대나 후한 것을 감안하더라도 대단한 찬사가 아닐 수 없다. 그만큼 혜장은 재주가 뛰어났다. 『능엄경』과 『대승기신론』에 밝았다. 또 공자의 『논어』도 좋아했고 『주역』에 관한 안목은 전문가 수준이었다. 게다가 차를 잘 만들었으며 문장을 짓는 솜씨 역시 빼어났다. 저서에는 『아암집』 3권(1920년 간)이 있으며 탑비는 승탑과 함께 대흥사 입구 부도밭에 남아 있다. 서산 대사와 초의 선사 승탑 사이에 위치한다.

나이를 잊어버린 친구관계를 망년지교(忘年之交)라고 한다. 다산과 혜장이 그랬다. 10년이라는 나이 차이는 아무런 문제가 되지 않았다. 전남 해남 화산면 출신인 혜장은 1805년 가을, 땅 끝으로 유배 온 다산과 처음으로 만났다. 다산은 혜장을 만나고서 "말세 인심이 야박하고 비루한데 요즘도 이렇게 진솔한 사람도 있구나."라고 하면서 엄청 고마워했다. 유배지에서 자기를 '알아주는' 사람을 만났기 때문이다. 덕분에 혜장은 당대 제일 지식인인 다산을 만날 수 있었고 다산 역시 아무도 없는 유배지에서 격조 있는 대화를 나눌 수 있는 상대를 만났다.

다산은 주변과 어울리지 못할 만큼 고집스러운 혜장을 향해 "그대는 어린아이처럼 유순해질 수 없는가."라는 따끔한 충고를 아끼지 않았다. 그 말을 들은 혜장이 그 자리에서 아암(兒庵)이란 호를 스스로 지어 부를 만큼 다산을 믿고 따랐다. 그렇다고 해서 성질머리가 하루아침에 바뀌지는 않았을 것이다. 절집에서는 이미 연파(蓮坡)로 불리고 있었다. 혜장이 입적한 다음날 쓴 만사(輓詞: 만장 글)에는 "관어각(觀魚閣) 위에는 책이 천 권이요, 말 기르는 상방(廂房)에는 술이 백 병이네."라고하면서 혜장의 양면성을 있는 그대로 보여주는 글까지 남길 만큼 격의 없는 사이이기도 했다.

'음다흥(飮茶興) 음주망(飮酒亡)'도 다산의 명언이다. '차 마시기-건강에 아주 좋음' 후에 굳이 붙이지 않아도 될 말인 '술 마시기-건강에 매우 나쁨'을 기필코 대구로 달아놓은 것도 뭔가 사연이 있었을 것이다. 혹여 혜장에 대한 안타까움을 염두에 두고 한 말이 아닐까? 어쨌거나 이 말로 미루어 본다면 결국 혜장은 술 때문에 요절한 것으로 추측된다. 그럼에도 두 사람의 6년간 만남은 조선 후기 승려와 유생의 단순한 개인적 만남이 아니라 조선 개국 이후 끊어지다시피한 차 문화의 중흥을 알리는 문화사적인 대사건이었다. 뒷날 초의(艸衣, 1786~1866) 선사와 추사(秋史, 1786~1856) 선생으로 이어진 차 문화 계승도 결국 그 시작은 다산과 혜장이라 하겠다.

2022년 4월 23일 대흥사에서 서산(西山, 1520~1604) 대사를 추모하는 향례(享禮)에 참석한 후 돌아오는 길에 인근 강진 백련사를 들렀다. 늘 행사장 혹은 회의석상에서 잠깐 잠깐 뵙는 것으로 만족했던 보각 대화상을 주석처까지 찾아가서 제대로 인사를 올렸다. 불교 복지학계의 선구자이며 복지학과 교수로 정년을 맞은 뒤 백련사 주지로 만덕산을 지키고 있다. 지금은 목포 유달산 달성사로 주석처를 옮겼다. 현재 복지계에 몸을 담고 있는 승려 대부분이 스님의 제자들이라 하겠다. 그 공로를 인정받은 까닭에 교계에서 가장 상금이 많고 권위 있는 '만해상(萬海賞)' 실천 부문을 수상하기도 했다.

차를 나누면서 이런저런 이야기를 하다가 자연스럽게 백련사의 제일 가는 콘텐츠인 다산 선생과 혜장 스님의 인연 이야기로 화제가 이어졌다. 따끈따끈한 신간 『역주 만덕사지(譯註 萬德寺志)』(동국대학교 출판부, 2021) 한 권을 방문 선물로 받았다. 돌아와서 차근차근 살폈다. 그 책의 관계자인 많은 이름들이 나온다.

전체 감수는 당연히 다산 몫이다. 편집자로 이름을 올린

학림(鶴林) 이청(李晴, 1792~1861. 이학래)은 정약용의 제자로 다
산초당 아랫마을 귤동 출신이며 아전(衙前)인 하급 관리의 아
들이다. 다산을 제외한다면 유일한 재가자(在家者)이다. 하지
만 신분이 세습되며 과거 시험을 볼 수 없는 서리(書吏) 집안
인 중인 출신이었다. 그럼에도 그는 학문에 대한 욕심뿐만 아
니라 과거를 통한 입신양명에도 집착했다. 다산은 그가 현실
의 장벽에 부딪혔을 때 받게 될 상처를 늘 걱정했다. 다른 이
에게 보낸 편지 속에서 "이청이 망령되이 과거를 보려 하므로
말렸지만 듣지를 않는다."고 언급할 정도였다.

　　『만덕사지』 편집에 관여한 스님들은 대부분 혜장의 제자
들이다. 기어 자굉(騎魚慈宏), 철경 응언(掣鯨應彦), 백하 근학
(白下謹學) 등이 편집과 교열에 참여했다. 비슷한 시기에 편집
된 『대둔사지(大芚寺志)』에도 수룡 색성(袖龍賾性)과 기어 자굉
이 가담하였다. 특히 수룡 색성은 혜장의 제자 중에서 가장 기
개가 뛰어났으며 『화엄경』을 섭렵하였을 뿐만 아니라 두보(杜
甫, 712~770)의 시까지 배운다는 칭송을 다산에게 받을 정도의
실력자였다. 또 차를 잘 만들어서 혜장과 다산 사이의 차 심
부름까지 맡았다고 한다. 혜장이 입적했을 때 다산은 기어 자
굉에게 "곡하며 혜장의 영전에 산에서 나는 과일과 술 한사발
을 올리게 했다."고 한다. 그야말로 승속을 뛰어넘는 사제관계

를 유지했던 것이다. 철경 응언은 혜장의 의발을 전해 받은 제일 제자였다. 그에 대하여 다산은 "고래 꼬리에 붙여도 얽매이지는 않았지만 도리어 고래[鯨]는 아이처럼 묶여서 끌려[掣]온다."고 하여 철경에 어울리는 인물평을 남겼다.

어쨌거나 다산과 혜장의 만남 이후 불가와 유가의 제자들이 합심하여 『대둔사지』, 『만덕사지』 편찬 작업으로 이어졌다. 대둔사는 현재 대흥사로 부르고, 만덕사는 백련사로 불리운다. 절 이름도 앞서 사용하던 명칭으로 다시 바뀌었다. 모든 것은 변해 간다는 붓다의 그 말씀을 다시금 되뇌이게 한다.

# 봄 밤

보름 달빛도 모자라는지
사각 등불이 힘을 더한 날

여산의 진면목을 알 수 없구나

溪澗豈能留得住
계 간 기 능 류 득 주
終歸大海作波濤
종 귀 대 해 작 파 도

시냇물이 어찌 멈춰설 수 있으랴.
큰 바다로 돌아가 파도가 되어야지.

중국 강서(장시江西)성 구강(주장九江) 지방에 있는 여산(루산廬山)은 폭포가 유명하다. 여산 폭포를 보지 못했다면 여산에 온 것이 아니라고 할 정도다. 시인 이백(李白, 701~762)은 이 폭포 앞에서 "긴 시냇물을 걸어놓은 것 같고(遙看瀑布挂長川), 은하수가 하늘에서 떨어지는 듯하다(疑是銀河落九天)."는 절창을 남긴다. 소동파는 산이 얼마나 깊고 넓은지 "여산의 진면목을 알 수 없다(不識廬山眞面目)"고 찬탄했다. 폭포의 명성은 한반도까지 미쳤다. 조선의 화가인 겸재 정선(1676~1759)은 '여산 폭포' 그림까지 남겼다.

『벽암록』 11칙(則)에 의하면 향엄 지한(香嚴智閑, ?~898) 선사도 여산 폭포를 찾았다고 한다. "구름과 바위를 뚫고도 그 수고로움을 말하지 않았으니(穿雲透石不辭勞) 저 멀리 높은 곳에서 왔다는 것을 비로소 알겠다(地遠方知出處高)."라고 '선시 스타일'로 한 수 읊었다. 함께 갔던 어린 사미승인 대중(大中)도 질세라 연이어 두 줄로 화답했다. 그는 왕자 신분이었다. 궁중의 권력 암투로 잠시 사찰로 피신해 머리를 깎은 상태였다. 그런 전후사를 알 리 없는 지한 선사는 이 시를 통해 그가 예사 사람이 아니라는 것을 직감했다. 아니나 다를까 뒷날 즉위하여 선종(宣宗) 황제가 되었다. 사미 시절 지은 시처럼 멈추지 않는 시냇물로써 마침내 바다로 돌아간 것이다.

필자도 십여 년 전에 혜원(廬山慧遠 335~417) 스님이 머물렀던 동림사(東林寺) 순례를 위해 여산을 찾았다. 혜원 스님은 30년 동안 일주문 바깥으로 나가지 않았다. 하지만 '절친'을 전송하면서 마지노선인 입구 계곡(호계虎溪)을 자기도 모르는 새 넘어 버렸다. '아차!' 하며 그 사실을 벗들에게 털어놓으니 유교의 도연명, 도교의 육수정, 불교의 혜원 세 사람이 함께 웃었다는 '호계삼소(虎溪三笑)'는 뒷날 우정을 상징하는 표제어가 됐다. 일정에 없는 탓에 여산 폭포는 볼 수 없었지만 폭포보다 더 아름다운 '여산의 진면목'인 옛 어른들을 뵙는 기쁨을 누렸다.

# 악처로 낙인 찍히다

忽聞河東獅子吼
홀 문 하 동 사 자 후
拄杖落手心茫然
주 장 낙 수 심 망 연

갑자기 부인의 사자후를 듣고서
지팡이를 놓치며 아찔해 하더라.

당송팔대가로 유명한 동파(東坡) 소식(蘇軾, 1036~1101)이 벗 오덕인(吳德仁)에게 보낸 글이다. 어느 날 친구인 진계상(陳季常)의 부인 하동(河東) 류씨(柳氏)가 남편 일당에게 쓴소리를 했다. 그 바람에 신랑은 얼마나 놀랐던지 손에 들고 있던 지팡이까지 놓칠 정도로 망연자실한 모습을 보였다. 오도송(悟道頌: 깨달음의 노래)을 남길 만큼 불교에 조예가 깊은 문장가답게 '바가지'를 훌륭한 설법이라는 뜻인 '사자후'로 대치했다. 이 일로 인해 '하동사자후(河東獅子吼)'라는 고사성어가 나왔다.

앞 문장인 "밤새 공(空: 없음)과 유(有: 있음)를 말하다가(談空說有夜不眠) '류씨의 사자후'를 듣게 된 용구 거사가 실로 가련하다(龍丘居士亦可憐)."로 추측하건대, 소동파를 포함한 몇몇 도반이 용구 거사(진계상) 집에서 도(道)에 대한 고담준론으로 밤을 지새웠던 모양이다. 동파육(東坡肉)을 개발할 만큼 요리에도 일가견이 있는 소동파의 시중 드는 일도 쉽지 않았을 것이다. 그리고 가정적인(?) 신랑이 '노는 물'에 어울리는 것조차 못마땅했다. 이래저래 모임의 좌장 격인 소동파에 대한 감정은 최악이었다. 참고 참다가 드디어 폭발했는데 거의 암사자의 고함소리에 버금갔다. 동쪽(남편 방향)으로 소리를 질렀지만 실은 서쪽(동파 방향)을 친 것이다. 소동파는 부부의 일로 여기고는 자기반성은커녕 오히려 친구의 처지를 동정하는 시까지 남겼다.

　문인이나 기자 같은 '기록하는 사람'과 동석했을 때는 말과 행동을 특히 조심해야 한다. 왜냐하면 자기도 모르는 새 역사적 인물(?)로 등재될 가능성이 농후하기 때문이다. 밤새 벌어지는 비생산적인 공리공론의 반복을 참다 못해 내지른 할(喝) 때문에 졸지에 남편은 공처가의 대명사가 되었고, 자신은 악처로 낙인 찍혔으며, 또 친정인 하동 류씨 가문의 명예에 누를 끼치는 결과를 빚었다. 그래서 하나마나한 말인 사족을 보탠다. 끝까지 참았어야 했느니라.

# 망가진 왕조의 흔적을 만나다

南朝無限傷心事
남 조 무 한 상 심 사

都在殘山剩水中
도 재 잔 산 잉 수 중

남조의 멸망에 아파하는 무수한 슬픔이
망가진 채 남은 산수화 속에 고스란히 담겼네.

이 글은 「제조중목화시(題趙仲穆畵詩: 조중목의 그림에 붙인 시)」
다. 조옹(趙雍, 1290~1360. 자 중목仲穆)은 원대(元代) 화가로 절
강(저장浙江)성 출신이다. 멸망한 남조의 모습을 그린 중목
의 그림을 보고 명대(明代) 시인 왕수(王燧, ?~1425)가 지었다.
그는 사천(쓰촨四川)성 수녕(쑤이닝遂寧)시 출신이며 영락제
(1403~1424 재위) 때 한림(翰林) 직책을 맡았다. 개혁 군주인 인
종(1424~1425 재위) 때 감옥에서 죽었다고 한다. 이유는 모르겠
지만 왕의 개혁적 성향과 무관치 않을 것이라고 짐작할 뿐이다.

　　중국의 입장에서 본다면 지리적으로 가장 남조(南朝)인
베트남을 2016년 처음 찾았다. 방문지 다낭 인근에는 후에
(Huế, 化) 왕궁과 카이딘(啓定帝) 왕릉이 남아 있다. 베트남 마지
막 왕실인 응우옌 왕조(阮王祖, 1802~1945)의 유적이다. 청나라
에 조공(朝貢)했지만 뒷날 프랑스 영향으로 한자보다 로마자
표기가 대세를 이룬다.

　　중심인 태화전(太和殿) 기둥은 최고급 건축재인 흑단나무
였다. 종묘(宗廟)인 현림각(顯臨閣)도 중후하다. 담장과 몇 채
의 건물이 듬성듬성 남아 있긴 했지만 전체적으로 폐허지라
는 느낌이다. 월남전이 한창이던 1968년 '구정 대공세'(베트남
의 설에 시작된 대규모 군사적 충돌로, 이로 인하여 전 세계적으로 반전 운동
이 일어나는 계기가 되었다)로 대부분 건물이 사라졌으며 현재 일

부만 복원됐다. 도열한 콘크리트 코끼리·말과 문인, 무인상 모습이 가을비 속에서 처연하다. 왕릉의 정자각 격인 계성전(啓聖殿) 내부의 화려함만이 그나마 찬란했던 왕조 문화를 보여준다. 정문 밖 멀리 구름이 중첩되면서 산수화를 만든다. 왕수의 시 전반부 "12층 화려한 누각은 자주빛·비취색이 중첩되고(十二瓊樓紫翠重) 일만 년 옥 같은 나무의 잎이 가을바람에 떨어지네(萬年琪樹落秋風)."에 딱 어울리는 풍광이다.

왕궁 한쪽의 박물관 벽에는 『대남식록정편(大南寔錄正編)』 원문을 복제해서 걸어두었다. "우리나라의 본래 명칭은 대월(大越)이었으나 남방에서 나라를 크게 열었으므로 대남(大南)이라고 칭한다."라 기록했다. 국명 베트남(월남越南)의 출전인 셈이다. 신라의 최치원은 「보안남록이도기(補安南錄異圖記)」를 『계원필경』에 남겼다. 그렇다면 안남(安南), 즉 월남과 우리의 인연도 일천 년 이상인 셈이다.

죽으면 어디로 가는 것입니까

石牛洽江路
석 우 흡 강 로

日裏夜明燈
일 리 야 명 등

돌로 조각한 소가 강둑길을 따라 늘어섰고
밝은 대낮에 밤을 밝히는 등불을 켰구나.

어떤 학인이 "선사가 입적하면 어디로 갑니까?"라고 묻자 반룡 가문(盤龍可文) 선사께서 대답 삼아 툭 내뱉은 선시다. 하지만 이 시의 주인공인 반룡의 행적은 남의 이력서에 얹혀 여기저기 한두 줄 나올 뿐 오리무중이다. 목평산(木平山)에서 수행하던 선도(善道) 선사의 안목을 열어주었으며, 그 두 선사 사이에 오고갔던 짤막한 선문답이 『전등록(傳燈錄)』 20권에 기록되어 있다. 모두 원주(우안저우袁州) 땅을 근거지로 활동하던 당나라 때 선승들이다.

원주는 강서(장시江西)성 북서부 의춘(宜春)의 속칭으로, 호남(후난湖南)성에서 가장 큰 도시인 장사(창사長沙) 지방으로 갈 때 반드시 거쳐야 하는 교통의 요지다. 게다가 북쪽 70리 지점에는 방회(方會, 992~1049)가 머물고 있는 양기산(楊岐山)이 있고 남쪽 60리 지점에는 혜적(慧寂, 803~887)이 활동한 대앙산(大仰山)이 있었다. 따라서 헤아릴 수 없는 기라성 같은 많은 선사들이 사방팔방에서 오고가면서 마주칠 때마다 선문답을 나눈 광장의 역할을 한 곳이라 하겠다.

반룡 선사의 어려운 말씀에 대하여 뒷날 누군가 해설을 달아 놓았다. '돌로 조각한 소'라는 것은 사람과 다른 존재를 나타낸다. '강둑길을 따라서 늘어서 있다'라고 한 말은 나고 죽는 반복된 윤회를 가리킨다. 하지만 '밝은 대낮에 밤을 밝히는 등불'은 무슨 의미인지 짐작조차 어렵다고 했다. 해설의 대가(大家)도 이미 포기한 부분이라고 하니 각자의 안목으로 그 이치를 터득하는 것 외엔 별다른 뾰족한 수가 없겠다.

이런저런 일정이 겹쳐 2022년 6월 17일 부산 사하구 당리동 관음사(주지 지현 스님)에서 열린 연관(然觀, 1949~2022) 선사의 영결식과 경남 양산 통도사로 이어진 다비식에도 참석하지 못했다. 7재 가운데 광주 무각사에서 열린 4재에 7월 12일 참석할 수 있었다. 송광사 교구에서 방장 현봉 스님, 전 유나 현묵 스님, 무각사 주지 청학 스님, 그리고 전등사 회주 장윤 스님, 또 호상(護喪)인 수덕사 수경 스님을 비롯한 송광사 율주 지현 스님, 송광사 전 주지 진화 스님 등 많은 대중이 자리를 함께 하여 고인을 추모했다. 판화가 이철수 선생 부부가 전체 일곱 차례 재(齋) 심부름을 위해 시간과 발품을 아끼지 않았다.

당신은 임종이 가까워졌음을 알고서 곡기를 끊었을 뿐만 아니라 물마저 마시기를 포기함으로써 생사(生死)에 여여(如如)한 마지막 모습을 보여주었다. 이것이 남아 있는 이들에게 잔잔한 울림의 여울이 되었다. 그런 연유로 매번 사찰을 옮겨가며 재를 지낼 때마다 거리의 멀고 가까움을 가리지 않고 인연 있는 스님들이 적지 않게 참석하여 정성을 보태 가는 아름다운 사십구재로 이어졌다. 모두가 같은 마음으로 '비구 연관' 네 글자가 적힌 하얀 위패 앞에 고개 숙여 꽃을 정성스럽게 올렸다.

1990년대 말 경북 영천 팔공산 은해사에서 무비 스님을 모시고 3년간 수학한 후 2000년이 시작될 무렵 전북 남원 지리산 실상사의 화엄학림 강사 소임을 맡게 되었다. 당시 강주(講主: 학장)는 연관 스님이었다. 개인적으로는 『화엄경』을 총 정리할 수 있는 기회가 되었고 동시에 각범 혜홍(覺範慧洪, 1071~1128)의 『선림승보전』 하권을 번역하느라 책상 앞에서 끙끙거리던 시기였다. 상권은 이미 은해사에서 탈고했다. 빨리 번역을 마쳐야겠다는 조급증으로 인하여 무리하다 보니 그만 몸에 탈이 나고 말았다. 한방병원에서 '입원하여 한달간 누워 있으라'는 처방이 나왔다. 어느 날 연관 스님께서 병문안을 오셨다. 본래 말이 없는 분이다. 나가면서 건네준 봉투의 겉면에 적힌 달필 글씨가 당신의 뜻을 대신했다.

"툭 털고 빨리 일어나시요!"

연관 스님은 인근 골짝골짝에 살고 있는 기인달사(奇人達士)들의 내면 살림살이까지 속속들이 알고 있는 지리산의 인문(人文) 전문가였다. 그 사람들을 한 사람 한 사람 찾아다니면서 대담을 나눌 생각인데 동행할 마음이 있느냐고 물었다. 기록 및 정리를 책임지라는 말씀이었다. 나중에 그 자료를 총 정리하여 책 한 권으로 만들면 어떻겠느냐는 제안까지 주셨다. 그 말씀에 베스트셀러를 탄생시키고 말겠다는 무모한 용기마저 발동되었지만 결국 계획 단계에서 없던 일이 되고 말았다. 기록 및 정리를 맡은 필자가 합천 해인사로 거처를 곧 옮겨야 했기 때문이다. 이래저래 곁에서 2년을 함께 모시고 살았다.

뒷날 연관 스님께서 실상사를 떠나 경북 문경 희양산 봉암사로 가셨다는 소식이 들려왔다. 어느 날 낯선 054(경북 지역 번호)로 시작되는 전화가 왔다. 연관 스님이었다. ○○씨의 전화번호가 있느냐고 물었다. 책 만드는 일에 자문을 받기 위함이라고 했다. 바로 알려드렸다. 틈틈이 적지 않은 책을 출판하면서 참선 수행도 게을리하지 않았다. 스님께서 번역하신 운서 주굉(雲棲袾宏, 1535~1615)의 『죽창수필』을 읽으면서 "스님네 글은 이렇게 써야 하는구나!"라고 찬탄할 만큼 모범적인 책을 만났고 동시에 유려한 한글 번역문에도 감탄을 금치 못했다. 그냥 잘 계시려니 하고 무소식을 희소식 삼아 지내다가 졸지에 입적(入寂) 소식을 듣게 되었다.

설봉 의존(雪峰義存, 822~908)에게 신초(神楚) 학인이 물었다.

"죽은 스님은 어디로 갑니까?"

이에 선사는 대답했다.

"얼음이 녹아서 물로 돌아가는 것과 같다."

그러자 곁에 있던 현사 사비(玄沙師備, 835~908)가 한마디
더 보탰다.

"물이 물로 돌아간 것과 같다."

4

맑은 물엔 수건을, 흐린 물엔 걸레를

# 오층석탑

빈 들판에 홀로 오래오래 서 있었더니
돌은 풀이 되고 풀은 다시 돌이 되었네

벚꽃 1.
왜 피면서 동시에 떨어지는가

滿樹高低爛漫紅
만 수 고 저 난 만 홍
飄飄兩袖是春風
표 표 양 수 시 춘 풍
現成一段西來意
현 성 일 단 서 래 의
一片西飛一片東
일 편 서 비 일 편 동

높고 낮은 가지에 붉은 꽃 흐드러지고
양쪽 소매가 흩날리니 봄바람이구나.
일단의 서래의(西來意)를 드러내노니
한 잎은 동쪽으로 또 한 잎은 서쪽으로.

불광 요원(佛光了元, 1226~1286) 선사의 「벚꽃에 부쳐(題櫻花)」라는 선시다. 이 시가 실려 있는 『불광선사어록』《대정장》80)은 1726년 일본에서 간행되었으며 일진(一眞), 일우(一愚) 등이 10권으로 묶었다. 송나라 대주(臺州·台州) 진여사(眞如寺), 그리고 일본 건장사(建長寺)와 원각흥성사(圓覺興聖寺) 등 중국·일본 두 나라에서 설한 법문을 모두 실었다. 당시로써는 글로벌 승려의 글로벌 어록집인 셈이다.

중국 절강(저장浙江)성 명주(明州, 현 닝보寧波) 출신이며 출가 후 그의 나이 36살 때(1262) 우물가에서 물을 마시다가 깨침을 얻었다. 임제종 양기파 무준 사범(無準師範, 1178~1249) 선사의 법을 이었다. 남송 당시 무준 문하에 있던 많은 일본 승려들과 함께 참선한 인연으로 그들과 교류했다. 무준의 제자 유일(惟一)의 추천을 받아 1279년 56살 때 천동산(天童山)을 출발하여 일본에 도착했다. 중국에서 몽고란을 겪었고 또 일본에서 몽골 침략을 극복하는 데 힘을 보탰다. 이후 입적할 때까지 8년 동안 일본 임제종의 기초를 닦았다. 세계문화유산이며 아름다운 정원으로 유명한 교토 천룡사(텐류지天龍寺)를 개산한 몽창 소석(무소 소세키夢窓疎石, 1275~1351)이 그의 제자이다.

벚꽃에 관한 글을 찾다가 이 시를 만나게 되었다. 매화를 노래한 시는 중국·한국·일본 동아시아 3국에 흔하지만 벚꽃 시는 과문한 탓인지 일본 외에는 거의 찾을 수가 없었다. 그만큼 요원 선사의 벚꽃 시는 흔치 않은 작품이라 하겠다. 남송이 망하고 원나라가 건국되면서 망명 아닌 망명을 했고, 중국 승려이지만 일본에 귀화했기에 선종사(禪宗史)에서는 일본 승려로 기록하고 있다. 그런 이력 때문인지 불광(佛光), 무학(無學), 자원(子元), 원만상조(圓滿常照), 조원(祖元), 요원(了元) 등 많은 호를 동시에 갖고 있다.

이 시를 이해하는 키워드는 "어떤 것이 달마 조사께서 서쪽에서 오신 뜻입니까?(如何是祖師西來意)", 즉 '서래의(西來意)'라 하겠다. 제대로 물으면 본질적인 질문이 되지만 모르고 대충 물으면 상투적인 질문이 된다. 선가에서 가장 많이 입에 오르내리는 화두이기도 하다. 하지만 숫자를 헤아릴 수 없는 많은 학인들이 단순한 이 질문에 걸려 넘어지기 일쑤였다. 그다음은 몽둥이 세 대가 기다리고 있다. 이때는 삼십육계 줄행랑이 최고다.

요원(了元) 선사는 붉은 벚꽃이 가지마다 피어 있는 상태 그대로가 '서래의'라고 했다. 그리고 동서로 흩날리며 떨어지는 광경도 '서래의'라고 했다. 왜냐하면 꽃가지의 고저(高低)를 차별하지 않았고 꽃잎이 동서로 제멋대로 날릴 때도 그 방향을 탓하지 않았기 때문이다. 양쪽 옷소매 사이로 각각 불어오는 좌풍과 우풍이라는 봄바람도 차별하지 않고 모두 흔쾌히 받아들였다. 늘 양변을 함께 보기 때문에 벚꽃 역시 마찬가지였다. 당신 나름의 '벚꽃 감상 중도법(中道法)'이었다.

일기예보 말미에 지역별 벚꽃 만개 시기를 알려줄 날이 머지않았다. 더불어 〈벚꽃 엔딩〉이라는 대중가요의 노출 빈도가 잦아지는 시절이 될 것이다. '하나미(花見: 꽃놀이)' 갈 때 아무 생각 없는 '꽃멍'도 좋겠지만 '서래의'도 염두에 둔다면 그것이 곧 '꽃 명상', 아니 '꽃 참선'으로 이어질 것이다.

벚꽃은 있는 힘을 다해 필 터이니 보는 사람도 있는 힘을 다해 바라볼 수 있을 때 서래의가 된다. 지는 벚꽃은 말할 것도 없고 남은 벚꽃 역시 지는 벚꽃임을 알아차릴 때 서래의가 된다. 저녁 벚꽃을 보면서 오늘은 이미 옛날이 되었음을 인식할 때 서래의가 된다. '왜 벚꽃은 찬사를 보내는 사람들의 눈앞에서 그토록 무정하게 떠나는가?' 하고 물을 수 있을 때 서래의가 된다. 벚꽃 가지를 부러뜨려봐도 그 속에 벚꽃이 한 점도 없음을 알게 될 때 서래의가 된다.

벚꽃 사랑에 관한 한 최고를 자랑하는 일본은 벚꽃도 피는 시기와 그 모양새에 따라 나누어 설명하는 언어를 가진 나라다. 피는 시기를 기다리는 꽃은 마츠하나(待つ花), 처음 피어

난 꽃은 하츠하나(初花), 구름을 삼키고 꽃잎을 토해 내듯 가득 핀 모습은 하나노쿠모(花の雲), 눈보라처럼 바람에 흩날리는 꽃잎은 하나후부키(花吹雪), 물에 떨어져 뗏목처럼 줄지어 떠 내려가는 꽃잎은 하나이카다(花筏), 혹여 모든 꽃이 다 지고 난 뒤 혼자 늦게 피는 벚꽃은 오소자쿠라(遲櫻)라고 이름 붙였다. 벚꽃이라고 뭉뚱그려 대충 볼 것이 아니라 한 풍광 한 풍광마다 자세히 뜯어볼 수 있는 안목이 함께 필요한 시절이다.

# 더위도 마음 먹기 나름

熱卽普天熱
열 즉 보 천 열

寒卽普天寒
한 즉 보 천 한

덥다 하면 온 하늘이 덥고
춥다 하면 온 하늘이 춥네.

늦더위가 여전하다. 두 발이 유일한 이동수단이던 시절, 부채질 말고는 더위를 피하기란 쉽지 않았다. 그래서 찾아낸 것이 독서삼매였다. 11세기 남송 시대 야보 도천(冶父道川) 선사도 더위 때문에 할 수 없이 좋아하는 『금강경』을 펼쳤다. 1년 내내 만년설로 덮여 있는 수미산(須彌山)이 등장하는 문장을 만나자 더 크게 소리내어 읽었다. 더위는 잊혀졌고 책에 나오는 눈바람까지 상상으로 즐겼다. 그 느낌을 낙서처럼 두 줄의 시로 남겼다. 결국 더위를 이기는 방법은 마음먹기에 달려 있다는 결론을 내렸다.

이덕일 선생은 '더위란 임금님도 피해 갈 수 없는 것'임을 자료로 고증했다. 『일득록(日得錄)』에 따르면 1783년 여름 무더위는 도저히 참을 수 없을 정도였다. 정조(1776~1800 재위)가 머물던 관물헌(觀物軒)은 협소하고 좌우에는 담장까지 바짝 붙어 있는 소박한 거처인 까닭에 한낮에는 뜨거운 햇볕이 쏟아져 들어왔다. 이를 보다 못한 규장각 직제학 서유방(徐有防)이 서늘한 별전(別殿)으로 옮길 것을 완곡하게 아뢰었다. "지금 좁은 이곳을 버리고 서늘한 곳으로 옮긴다면 결국 거기서도 참고 견디지 못하고 다시 더 서늘한 곳을 생각하게 될 것"이라고 하면서 거절했다. 그리고 한술 더 떴다. "이를 참고 견디면 바로 이곳이 서늘한 곳이 된다."

더위를 이겨낼 별다른 재간이 없던 시절에는 부채질을 하거나 독서로 견뎠다. 하긴 더위만 피할 목적이라면 심산유곡으로 가면 된다. 그것도 양에 안 차면 시베리아 지방으로 몸을 옮기면 간단하다. 하지만 덥다고 얼음골에 마냥 머물 수는 없다. 생활 공간을 완전히 떠난 피서란 불가능한 까닭이다. 결국 생업의 현장에서 땀나는 일상에 전념하면서 더위를 피하고자 하니 짜증나는 것이다. 정답은? 참을 수밖에 없다. 본래 '사바세계'란 참지 않고선 살 수 없는 땅이라는 의미다. 이제 에어컨 선풍기 힘으로 조금만 더 버틴다면 곧 가을이 오리라.

# 고향 땅을 찾지 말라

二十年來歸鄕里
이 십 년 래 귀 향 리

舊友零落事多非
구 우 영 락 사 다 비

스무 해가 지나고서 고향 땅에 돌아오니

옛 벗은 아무도 없고 모든 것이 변해 버렸네.

일본 에도(江戶) 시대 대우 양관(다이구 료칸大愚良寬, 1758~1831) 스님은 학문과 시를 좋아하는 명문가 출신답게 많은 한시를 남겼다.

출가한 지 스무 해쯤 됐을 때 아버지 부고를 받았다. 교토(京都)의 절에서 49재를 마친 뒤 고향인 니가타(新潟)에 들렀다. 하지만 집안 살림은 이미 기울어진 상태였다. 장남의 직분을 다할 수 없었지만, 가세 몰락의 책임에서 정서적으로 자유로울 수 없는 처지인지라 만감이 교차했을 것이다.

불가(佛家)와 속가(俗家)의 경계에서 양가(兩家)를 동시에 바라보는 시간을 가졌다. 친구는 모두 고향을 떠났는지 죽었는지 아무도 없고(零落) 익숙해야 할 주변사는 오히려 대부분 생경했다(事多非). 그 이유는 출가 시점에서 본 고향 모습이 의식 안에서 멈춘 까닭이다. 이 시는 그 무렵의 심란함을 잘 보여준다.

당나라 마조(馬祖, 709~788) 선사는 "개울가의 할머니는(溪邊老婆子) 나의 옛날 이름을 부르네(喚我舊時名)."라는 귀향시를 남겼다. 이 말 속에는 과거사의 고정된 시각에 대한 섭섭함이 그대로 짙게 배어 있다. '강서(장시江西)의 마조'라는 칭호를 받을 만큼 중국 강남을 대표하는 선불교(禪佛敎)계 대부로서 금의환향이었다. 하지만 고향 사천(쓰촨四川)성 시방(스팡什方)현

동네 할머니의 눈엔 아직도 '보잘것없는 마씨 집 둘째아들'이었기 때문이다.

양관은 '자기 정지' 때문에, 마조는 '상대방의 정지'로 인해 각자 한 편의 시를 남기게 됐다. '사별삼일(士別三日) 괄목상대(刮目相對)'라고 했다. 글 읽는 선비는 헤어진 뒤 사흘 후에 만나더라도 눈을 부비고 다시 봐야 할 만큼 일취월장하기 마련이다. 어찌 선비뿐이랴. 열심히 사는 사람은 대부분 그렇다. 어쨌거나 시간의 흐름 속에서 주위의 변화를 함께 읽어야만 쓸데없는 번뇌를 줄일 수 있다.

# 빈 배에 달빛만 가득 싣고 돌아오다

夜靜水寒魚不食
야 정 수 한 어 불 식
滿船空載月明歸
만 선 공 재 월 명 귀

밤은 고요하고 물이 차가워 고기가 물지 않으니
빈 배에 가득히 허공의 밝은 달만 싣고 돌아오네.

이 시의 저자인 화정 덕성(華亭德誠) 선사는 절강(저장浙江)성 소주(쑤저우蘇州) 화정현(華亭縣) 오강(吳江)에서 뱃사공 노릇을 하며 수행했다. 도반인 도오(道吾, 769~835)가 천거한 선회(善會, 805~881)를 만나자마자 한눈에 인물 됨됨이를 알아보았다. 그 자리에서 물에 빠뜨리고는 배 위에서 생사(生死)에 대한 질문을 던져 그의 안목을 열어준다. 법을 전한 후 할 일을 모두 마쳤다는 듯 얼마 후 당신도 배를 뒤집고는[覆船] 종적을 감추었다. 그로 인해 '복선(覆船)'이라는 별호가 또 생겼다. 이미 오랫동안 선자(船子), 즉 '화정의 뱃사공'으로 불렸다. 생몰연대조차 불분명하지만 삶 자체가 워낙 드라마틱한지라 『조당집』 권5, 『전등록』 권14에 행장이 남아 있다. 약산 유엄(藥山惟嚴, 751~834)-화정 덕성-협산 선회로 그 법맥이 이어졌다.

본래 시조나 한시는 제목이 없다. 편의대로 보통 첫 줄을 제목으로 삼았다. 하지만 이것은 워낙 유명한 작품인지라 뒷날 누군가 '귀주재월(歸舟載月 : 달빛만 싣고 배가 돌아오다)'이란 그럴듯한 제목을 붙였다. 이 시가 불가(佛家)에서 유명해진 것은 『금강경』 때문이다. 영원한 베스트셀러 『금강경』에 해설을 달면서 야보 도천(冶父道川) 선사가 이 시를 빌려왔기 때문이다. 그것도 한 번이 아니라 두 번이나 인용했다. 먼저 제6 「정신희유분(正信希有分 : 바른 믿음은 흔하지 않다)」에 "물이 차고 밤도 추워 고기 잡기 어려워 빈 배에 머물러 있다가 달만 싣고 돌아오네(水寒夜冷魚難覓 留得空船載月歸)."라고 했다. 제31 「지견불생분(知見不生分: 알음알이를 내지 않다)」에는 "천 길 낚시줄을 바로 아래 드리우니 한 파도가 일어나자마자 만 갈래 파도가 뒤따르네. 밤은 고요하고 물이 차가워 고기가 물지 않으니 빈 배에 가득히 허공의 밝은 달만 싣고 돌아오네(千尺絲綸直下垂 一波纔動萬波水 夜靜水寒魚不食 滿船空載月明歸)."라고 한 것이다. 이 시의 전문은 『오등회원(五燈會元)』권5 「선자덕성」 선사 편에 나온다. '도발청파(棹撥淸波: 푸른 파도를 헤치고 노를 젓다)'로 시작되는 발도가(撥棹歌: 노를 저으면서 부르는 노래) 가운데 압권인 부분이라 하겠다.

낚시가 꼭 물고기를 잡기 위한 것만은 아니다. 태공망(太公望) 여상(呂尙, 본명 강상姜尙)은 일찍이 곧은 낚시로 세월을 낚다가 서백(西伯)을 만나 은(殷)나라를 멸망시키고 무왕(武王)을 도와 주(周)나라 건국에 공헌하였다. 낚시꾼을 가리켜 '강태공'(여상의 본명은 강상이다)이라고 부르는 것은 여기에서 비롯되었다. 선자 덕성도 협산 신회를 만나서 "날마다 곧은 낚시로 고기를 낚다가 오늘에야 한 마리 낚았도다."라고 하면서 매우 기뻐했다. 사람을 낚는 것도 낚시질인 것이다. 이제는 인터넷 용어로도 굳어졌다.

시의 원 저자는 화정 덕성이지만 대중화의 제일공신은 단연 야보 도천이다. "산은 산이요, 물은 물이로다."라는 말도 청원 유신(靑源惟信, ?~1117) 등 몇몇 선사들이 즐겨 사용했지만 성철(性徹, 1912~1993) 스님으로 인하여 대중에게 널리 알려졌다. 물론 원 저자의 공덕이 가장 크겠지만 대중화의 공로도 그 못지 않다고 하겠다. 요즈음 갖가지 음악 오디션 프로그램에서 심사위원이 자기 곡을 리메이크하여 부르는 참가자에게 보내는 최고의 칭찬이 "이거 내 노래 맞아요?"라는 심사평이다. 같은 곡이지만 누가 부르느냐에 따라서 완전히 다른 색깔을 내기 때문이다. 같으면서도 다르다.

학인 시절에는 의무적으로 외워야 할 과제가 있다. '아침 종송'도 그 가운데 하나다. 말 그대로 새벽 예불 때 법당에서 작은 종을 치면서 하는 염불이다. 그 속에서 이 구절을 처음 만났는데 그 풍광이 눈 앞에 그려지면서 종 치는 것조차 잊어버릴 만큼 전율했다. 뒷날 『금강경』을 보면서 야보송(冶父頌)이라는 것을 알았고 훗날 선어록을 보다가 원 저자가 화정 덕성임을 확인했다. 그런데 문제는 그게 아니다. 시의 감성에 취하다 보니 정작 알아야 될 『금강경』 본문 내용이 어디로 달아났는지 알 수 없었다는 사실이다. 정신줄을 놓는 순간 경(經) 공부를 하는 것이 아니라 시(詩) 공부가 되기 십상이다. 경구는 경구대로 빛나고 시구는 시구대로 아름답지만 같이 합해지니 금상첨화였다. 그럼에도 불구하고 전자보다는 후자에 더 눈길이 오래 머무는 까닭은 논리보다는 감성이 훨씬 더 호소력이 있기 때문일 것이다.

이런 정서는 특정 지역에 국한되지 않는다. 당송(唐宋) 분위기는 그대로 조선으로 옮겨왔다. 월산대군(1454~1488, 조선 제9대 왕 성종의 형)도 비슷한 내용으로 시조를 남겼다.

추강(秋江: 가을 강물)에 밤이 드니 물결이 차노매라.
낚시 드리치니 고기 아니 무노매라.
무심한 달빛만 싣고 빈 배 저어 오노라.

그로부터 300년 후 『풍서집(豊墅集)』 18권을 남긴 이민보(李敏輔, 1720~1799. 공조·형조판서 역임)는 월산대군의 색깔을 그대로 이어받아 한시 형식을 빌어 재창작한 문학 작품을 남겼다.

추강야이심(秋江夜已心)
주허파정한(洲虛波正寒)
투이여잠어(投餌與潛漁)
종불상조간(終不上釣竿)

노화상절력(蘆花霜浙瀝)

공선재월환(空船載月還)


추강에 밤이 이미 깊은데

빈 섬에 물결은 참으로 차갑네.

숨은 물고기에게 미끼를 던져도

끝내 낚싯줄에 올라오지를 않네.

갈꽃에는 서리가 서걱거리는데

빈 배에 달빛을 싣고 돌아오네.

# 맑은 물엔 수건을, 흐린 물엔 걸레를

新沐者必彈冠
신 목 자 필 탄 관

新浴者必振衣
신 욕 자 필 진 의

새로 머리를 감은 사람은 반드시 쓸 갓을 먼저 털며

새로 목욕한 이는 반드시 입을 옷을 미리 털게 되나니.

초(楚)나라 굴원(屈原 BC343~277?)의 「어부사(漁父辭)」는 『고문진보 후집(後集)』에 실려 있다. 시인의 자(字)는 원(原)이며 이름은 평(平)이다. 출생지는 호북(후베이湖北)성 자귀(즈구이秭歸, 현재 이창)이며, 벼슬살이 도중에 정쟁에 휘말려 유배지인 호남(후난湖南)성 상음(샹인湘陰)의 멱라수(미뤄수이汨羅水)에서 생을 마감했다. 멱라수는 동정(둥팅洞庭)호 악양루와 호남성 성도인 장사(창사長沙)의 중간쯤이다. 어부가 묻고 당신이 답하는 형식으로 본인의 결백함을 시로 남긴 것이다.

새해 한 달을 뒤돌아보니 작심삼일(作心三日)이었다. 신년 결심이라고 30일 이내 망각하지 말라는 법도 없다. 하기야 잊은 줄도 몰랐는데 어느새 망각 상태라고 하는 편이 더 옳을 것 같다. 그 사이에 머리가 내린 결심이 아니라 몸의 습관을 따라가는 구태스러운 자기를 발견한다. 그래도 모른 체하며 그냥 내버려둬야 속이라도 편하겠지. 그러자니 또 뭔가 켕긴다. 구정 무렵 다시 머리를 감고 몸을 씻다가 신정 때 세운 계획을 섬광처럼 기억하고는 스스로에게 머쓱해진다.

작품의 두 줄 모두 신(新) 자로 시작하기에 과감하게 년(年) 자를 보탰다. 양력설에는 머리를 감고(新年沐) 음력설에는 목욕을 한다(新年浴)라고. 양력 설 이후 달포 동안 머리로써 새해 설계를 하고 음력 설부터 비로소 몸을 움직이며 실천에 들어간다는 부연설명을 달아본다. 뇌세포의 이런저런 구상이 손발까지 전달되는 데 한 달쯤 걸렸다고 해두자. 얼떨결에 새해를 맞이했고 또 한 달이 훌쩍 흘러 구정이 코앞이다. 양력은 까치 설날이고 음력은 우리 설날이라 했으니 지금부터 다시 시작해도 늦은 것이 아니리라.

원칙주의자 굴원은 목욕 후 반드시 모자와 옷을 털고서 착용했다. 이 모습을 본 어부는 "창랑의 물이 맑으면 내 갓끈을 씻고(滄浪之水淸兮 可以濯吾纓) 창랑의 물이 탁하면 내 발을 씻으리라(滄浪之水濁兮 可以濯吾足)."라고 훈수했다. 원칙만큼 타이밍도 중요하다. 물이 맑으면 수건을 빨고 물이 흐리면 양말을 빨 일이다. 더 탁할 때는 걸레를 빨면 된다.

벚꽃 2.
필 때도 설레고, 질 때도 설레고

滿樹高底爛漫紅
만 수 고 저 난 만 홍
一片西飛一片東
일 편 서 비 일 편 동

높낮은 가지에 저마다 분홍빛으로 가득 피더니
한 잎은 동쪽으로 또 한 잎은 서쪽으로 날리네.

불광 요원(佛光了元, 1226~1286) 선사의 「제앵화(題櫻花: 벚꽃에 부쳐)」라는 4행시의 첫 줄과 끝 줄이다. 선사는 중국 절강(저장浙江)성 출신으로 항주(항저우杭州) 정자사(淨慈寺)로 출가했고, 임제종 무준 사범(無準師範, 1178~1249) 문하에서 수학했다. 1279년 54세 때 영파(닝보寧波) 천동산(天童山)을 출발해 일본으로 몸을 옮겼다. 이후 8년 동안 활동하다가 61세로 입적했으며 『불광국사어록(佛光國師語錄)』을 남겼다. 비슷한 시기에 난계 도륭(蘭溪道隆, 1213~1278) 선사도 일본으로 건너왔다. 송(宋)나라가 기울어갈 무렵 귀화한 선승들에 의해 일본 시는 중국 선시(禪詩)와 자연스럽게 융합이 이뤄졌다.

중국 혹은 한국의 한시에서 벚꽃을 소재로 지은 시는 흔하지 않다. 벚꽃 한시의 작가는 대부분 일본 시인이다. 조원 선사가 지은 벚꽃 시의 배경 역시 중국이 아니라 일본이다. 따라서 이 작품은 중국 출신이 지은 일본 시로 분류할 수 있겠다. 물론 '내 것 네 것'을 나누는 것 자체가 어리석은 일이기는 하다. 첫 행은 개화(開花), 마지막 행은 낙화(落花)를 읊었다. 피는 것을 바라보고 있는데 그 사이에 또 지고 있기 때문이다. 개화도 순식간이지만 낙화도 순식간이다. 그래서 한 작품 속에서 피고 지는 것을 동시에 담았다.

지는 모습까지 사랑받는 꽃이 벚꽃이다. 눈보라처럼 휘날리는 풍광이 얼마나 인상적인지 따로 '앵취설(사쿠라후부키櫻吹雪)'이라고 칭했다. 이런 찰나의 아름다움에 대해 승려 시인 서행(사이교西行, 1118~1190)은 "왜 벚꽃은 찬사를 보내는 군중 눈 앞에서 그토록 무정하게 떠나가는가?"라고 읊조렸다. 그는 사쿠라[櫻] 마니아 시인답게 떨어지는 벚꽃 아래에서 한 생을 마감했다고 전한다. 그의 묘를 오백 년 후에 어떤 후학이 발견하게 된다. 무덤 주변에 천 그루의 벚나무를 심는 것으로 조문을 대신했다. 세월이 흐르면서 뒷사람들은 '서행 스님의 벚꽃(사이교사쿠라西行櫻)'이라고 불렀다.

발길 닿는 곳마다 벚꽃 천지다. 필 때도 설레지만 질 때는 더 설렌다는 말을 실감하는 봄날이다.

# 탱자를 귤로 바꾸다

江北成枳江南橘
강 북 성 지 강 남 귤
春來都放一般花
춘 래 도 방 일 반 화

강북의 탱자요 강남의 귤이라

봄이 오면 모두 같은 꽃을 피우는구나.

같은 물이라고 해도 좁고 가파른 골짜기를 흐를 때, 그리고 넓고 평평한 들판을 흐를 때 소리와 속도가 다를 수밖에 없다. 마찬가지로 같은 내용이라고 할지라도 듣는 이들에 맞추어 말을 달리하여 표현하는 것은 당연한 일이다. 『금강경』 해설을 선시 형식으로 붙인 남송(南宋)의 야보 도천(冶父道川) 선사는 이런 차별성을 귤과 탱자에 비유했다. 하지만 탱자와 귤은 봄꽃이 필 때 그 모양에서 별로 차이가 없다는 것도 동시에 밝혔다. 왜냐하면 같은 운향과에 속하는 식물이기 때문이다.

귤화위지(橘化爲枳: 귤이 바뀌어 탱자가 됨)는 춘추 시대 말기 제(齊)나라의 유명한 재상인 안영(晏嬰)의 언행을 기록한 『안자춘추(晏子春秋)』「내잡하(內雜下)」편에 나온다. 남북의 기준은 회수(淮水)다. 황하와 양자강이라는 양대 큰 물의 틈새 지역에서 골골이 물줄기를 모아 중간급 강으로 몸집을 키웠고 나름의 자부심을 가지고 도도하게 흐르는 강이다. 왜냐하면 회수를 중심으로 위 아래의 기후와 토질이 다르고, 풍속이 확연히 구별되는 까닭이다. 그래서 '남선북마(南船北馬: 남쪽은 배, 북쪽은 말)'라고 하여 주 운송 수단도 다르고, 또 '남귤북지(南橘北枳: 남쪽의 귤, 북쪽의 탱자)'라는 말도 생겼다. 안자(晏子)는 "귤나무가 회수의 남쪽에서 자라면 귤나무지만 회수의 북쪽에서 자라면 탱자나무로 변한다(橘生淮南則爲橘 生于淮北則爲枳)."라고 하면서도 "귤과 탱자는 잎이 비슷하다(葉徒相似)."라고 부연 설명했고, 야보는 "꽃이 비슷하다(一般花)."라고 했던 것이다.

언제부턴가 유배지를 찾을 때면 탱자나무가 있나 없나 하고 살피는 버릇이 생겼다. 불과 100년 전 왕조 시대만 하더라도 탱자나무로 주변을 에워싼 곳에 죄인을 가두는 형벌 제도가 있었기 때문이다. 이른바 위리안치(圍籬安置)다. 여기서 '리'는 탱자나무 리(籬) 자다. 위리안치는 대개 탱자나무 울타리로 집의 사면을 둘렀으며 오직 보수주인(保授主人: 감호하는 주인)만 출입이 가능했다. 가택연금이나 코로나19 시절에 문밖 출입을 금한 것도 그 흔적의 연장이라 하겠다.

추사 김정희(金正喜, 1786~1856) 선생의 제주도 유배지도 그랬다. 섬 주변에는 사면으로 바다가 있어 이미 그대로 주군안치(州郡安置)였다. 이는 일정한 권역(주州·군郡·현縣) 안에 머물기만 한다면 자유로운 지역 활동이 가능한, 한 단계 아래의 형벌이다. 하지만 큰 섬인지라 그렇게 할 수가 없었는지 위리안치라고 명확하게 규정했다. 유배지 집 주변의 담장 안에는 탱자나무가 군데군데 심어져 있다. 물론 유배 당시의 탱자나무는 아닐 것이다. 집을 복원하면서 위리안치를 염두에 두긴 했지만 제대로 된 울타리 노릇이 아니라 오히려 뒤뜰의 정원수 같은 느낌을 준다.

유배지도 사람 사는 곳이니 인정이 함께 하기 마련이다. 지역 유지 세 명의 후원으로 그들의 집과 집을 옮겨가며 위리안치했다. 하늘이 무너져도 솟아날 구멍이 있다고 했다. 나갈 수 없다면 남들이 오게 하면 된다. 위리안치 형식은 유지하면서 내용은 무력화할 수 있는 좋은 방법이다. 경서도 가르치고 서예도 가르치고 문인화 그리는 법도 가르쳤다. 덕분에 지역의 아이부터 어른까지 나이와 신분 계층을 가리지 않고 많은 이들이 들락거렸다. 외지인도 심심찮게 찾아주었다. 사람 복이 많았는지 청나라를 오가며 필요한 서적을 구해 주는 이도 있었고, 해마다 봄이면 햇차를 보내주는 스님도 있었다. 가끔 육지에서 건너온 이들을 만나기만 하면 동아시아 정세는 물론 시서화(詩書畵)와 다도(茶道)를 논하는 일로 시간 가는 줄 몰랐다.

그래도 위리안치는 위리안치다. 혼자 있는 시간이 훨씬 많기 때문이다. 그 시간을 제대로 보낼 수 있어야만 진정한 위리안치가 된다. 그 기간을 '마천십연 독진천호(磨穿十硏 禿盡千毫)'라 했다. 열 개의 벼루 바닥에 구멍을 냈고 몽당붓으로 만든 것이 천 개였다. 하지만 환갑 나이에는 먹을 갈고 붓을 놀리는 일도 알고 보면 중노동이다. 그래서 아무것도 하지 않고 멍 때리는 자기반조(自己反照)의 명상 시간에도 적지 않게 할

애했다. 이런 그를 보고서 제자인 강위(姜瑋, 1820~1884)는 "달팽이 집[와려蝸廬: 초라한 집]에서 10년간 가부좌를 틀었다."고 표현했다.

　모든 것은 마음먹기에 달렸다. 그래서 스스로 관점을 바꾸고자 노력했다. 탱자나무 담장만 넘으면 온통 귤밭이다. 그래서 탱자나무 집이 아니라 귤나무 집으로 여겼다. '귤밭 가운데 있는 집'이라는 뜻에서 '귤중택(橘中宅)'으로 당호를 지었던 이유다. 주렁주렁 열린 황금색 귤은 뾰족뾰족한 가시들을 감싸고도 남는다. 탱자나무가 귤나무로 바뀌었으니 설사 간혔다 하더라도 간힌 것이 아니었다. 그 힘이 유배된 8년 3개월간 당신의 삶을 성숙시킨 마음 바탕이 되었던 것이다. 그리하여 〈세한도(歲寒圖)〉라는 국보급 그림이 나왔고, '추사체 완성'이라는 예술가로서 대업까지 이룰 수 있었다.

# 잠 못 드는 밤에 국화를 바라보며

**不眠夜靜天河轉**
불 면 야 정 천 하 전

**獨步中庭把菊花**
독 보 중 정 파 국 화

잠 못 드는 조용한 밤 은하수만 구를 뿐

홀로 뜰을 거닐며 국화 한 송이 쥐어보네.

사명(四溟, 1544~1610) 대사는 임진란 뒷마무리를 위해 환갑 넘은 나이인 1604년 쓰시마(對馬島)에 도착했다. 섬 동쪽 종벽산(鍾碧山)에 있는 서산사(세이잔지西山寺) 이정암(이테이안以酊庵)에서 가을을 맞는다. 이 시는 동명관(東溟館)에 머물 때 지은 것이라고 한다. 경내 건물인지 아니면 인근에 따로 있는 별채인지 자세하지 않다.

막부(幕府)의 후원 아래 지어진 서산사는 외교 사절을 위한 영빈관을 겸했다. 창건주는 현소(겐소玄蘇, 1537~1611) 화상이다. 사명이 귀국한 지 2년 후 보낸 편지에는 "귀도(貴島: 쓰시마)에 갔을 때 노형(老兄: 겐소) 등과 같이 일본으로 건너가서…"라고 했다. 본섬까지 안내 및 동행한 인연을 고맙게 여겨 사신(使臣) 편에 선물과 함께 안부를 전한 것이다.

사명과 현소의 만남은 '국화와 칼'(1946년 루스 베네딕트가 일본학 입문서로 펴낸 책 제목. 국화는 미학적 안목, 칼은 무력 숭상을 상징)이었다. 머리카락마저 희끗희끗한 사명당은 뱃멀미 끝에 겨우 객관(客館)에 도착했다. 왼쪽 두 번째 어금니 통증 때문에 베개에 엎드려 신음할 정도로 후유증을 남긴 고단한 일정이었다. 노구를 이끌고 쓰시마까지 온 것은 조정의 '칼' 같은 명령 때문이다. 현소 역시 조선어에 능통하고 외교 문서를 다룰 만큼 뛰어난 문장가라는 이유로 막부의 '칼'에 의해 본섬에서 차출

돼 쓰시마로 왔다.

현소는 숙소 정원을 가꾸면서 섬세한 미학적 세계를 구축했다. 가을 뜨락에 어울리는 국화 다루는 일에 정성을 쏟았다. 하지만 사명은 "누런 국화, 초록 감귤도 모두 무료하다(黃菊綠橘總無賴)."는 일성을 날린다. 만개한 국화와 조선에서 보기 드문 감귤도 불편한 심신 때문에 심드렁한 까닭이다. 이후 서서히 본연의 감수성이 되살아나며 서리 맞은 황국(黃菊)의 아름다움에 빠져든다. '국화 한 송이를 손에 쥐는' 미학적 음미를 통해 현소의 국화에 화답한 것이다. '칼'로 인해 서로 적으로 만났지만 '국화' 때문에 우정으로 승화됐다고나 할까.

# 물 흐르니 꽃 피고

空山無人
공 산 무 인

水流花開
수 류 화 개

텅 빈 산에 사람 없어도
물은 흐르고 꽃이 피네.

선인들은 물소리를 네 가지로 나눴다. 폭포성(瀑布聲)은 물이 떨어질 때 나는 소리며, 유천성(流泉聲)은 시냇물이 흐르며 내는 소리다. 탄성(灘聲)은 여울물이 질 때의 소리이며, 구회성(溝澮聲)은 도랑물이 흐를 때 소리다. 같은 계곡물일지라도 그 물은 계절과 위치에 따라 갖가지 소리를 내기 마련이다. 사람이 듣거나 말거나 제 때에 자기 소리를 낼 뿐이다. 그럼에도 오가는 사람들은 시시각각 변하는 물소리를 듣고서 이런저런 이름을 붙인 것이다.

송나라의 동파 소식(蘇軾, 1036~1101)은 동림 상총(東林常總, 1025~1091) 선사가 인간 소리뿐만 아니라 자연의 언어까지 들을 줄 알아야 한다고 한 말을 듣고 크게 깨쳤다. 어느 날 폭포 소리를 듣고서 "계곡의 물소리가 유창한 설법을 하고(溪聲便是廣長舌) … 밤이 오니 팔만사천 대장경이 되는구나(夜來八萬四千偈)."라는 오도송을 남겼다. 신라의 고운 최치원은 경남 합천 가야산 계곡의 탄성을 들으며 "시비의 소리가 귀에 들릴까 봐(常恐是非聲到耳) 일부러 흐르는 물로 산을 둘러싸게 했네(故教流水盡籠山)."라는 시를 돌에 새겼다. 같은 물이지만 동파와 고운 선생의 필요에 따라 용도가 달라졌다. 하긴 성 주변의 방어용 인공 물길인 해자(垓子)조차도 두 얼굴이다. 밖에서도 들어오지 못하지만 안에서도 마음대로 나갈 수 없기 때문이다.

절집은 계곡 곁의 누각에 침계루(枕溪樓)라는 현판을 달았다. 계곡을 베개 삼아 잘 수 있는 집이기 때문이다. 초저녁의 작은 물소리는 밤이 깊어지면서 더 크게 들린다. 하지만 물소리는 그대로다. 며칠 머물다 보면 그 소리에 익숙해지고 나중에는 아무 소리도 들리지 않는 묵계(默溪)가 된다. 그때는 사람이 있어도 없어도 빈 산[空山]일 뿐이다. 송광사 법정 스님이 즐겨 사용하던 '수류화개'의 원문은 소동파와 황정견(黃庭堅, 1045~1105)의 시문으로 만날 수 있다.

# 석가모니가 설산에서 나오다

龍姿鳳質出王宮
용 자 봉 질 출 왕 궁

垢面灰頭下雪峰
구 면 회 두 하 설 봉

誓願欲窮諸有海
서 원 욕 궁 제 유 해

不知諸有幾時窮
부 지 제 유 기 시 궁

빼어난 자태로 왕궁을 나오셨다가

까칠한 얼굴로 설봉을 내려오면서

온갖 중생을 모두 제도하겠다고 맹세하니

언제나 다 할려는지 알 수 없구려.

이 선시에 이야기를 입힌 축원 묘도(쓰元妙道, 1257~1345) 선사는 절강(저장浙江)성 대주(타이저우臺州) 영해(寧海) 출신으로 진(陳)씨 집안에서 태어났다. 절강성 항주(杭州) 육화사(六和寺)로 출가했으며 아육왕산(阿育王山)의 횡천 여공(橫川如珙, 1222~1289. 임제종 양기파) 선사의 법을 이었다. 이후 대주·소주(쑤저우 蘇州) 지역의 여러 선원에서 법석을 폈으며 스스로 '동해모옹(東海暮翁: 동해 지방의 저물어가는 늙은이)'이라 하였다. 인종(仁宗) 황제는 '정혜 원명(定慧圓明) 선사'라는 시호를 내렸다.

묘도 선사는 '석가출산상(釋迦出山相: 석가모니가 설산에서 나오는 모습)'에 대하여 송(頌)을 붙였다. 하지만 그는 이 선시에서 설산을 설봉이라고 한 것은 운자(韻字)의 구애 때문에 할 수 없이 바꾼 것이라고 했다. 하지만 중국 땅에서 살아가는 모든 이가 알고 있는 설봉산('북쪽의 조주, 남쪽의 설봉'이라 할 만큼 남방을 대표하는 설봉 의존 선사가 수행했던 곳)이 있다. 그럼에도 불구하고 인도의 설산을 설봉으로 바꾸었기 때문에 게송의 완결성에 다소 흠집이 생기게 되었노라고 알아서 미리 고백했다. 왜냐하면 게송을 지을 때는 반드시 사실[事]과 이치[理]를 동시에 갖추어야 하기 때문이다. 이것을 두 다리의 길이가 똑같지 않으면 제대로 걸을 수 없는 것과 같은 이치라고 비유했다. 『산암잡록』에는 이런 자기 변명까지 가감 없이 실려 있고 또 그렇게 할 수밖에 없었던 이유까지 달아놓았다. '운'이라는 형식을 무시하자니 무식하다는 소리가 뒤따라 나올 것이고, 운을 따르자니 지명의 고유명사까지 바꾸어야 하는 자기모순에 빠졌기 때문이다.

전통적인 부처님 일대기는 '팔상록(八相錄)'이다. 도솔천에서 인간세계로 오는 모습(도솔내의상兜率來儀相), 카필라국에서 왕자로 태어난 모습(비람강생상毘藍降生相), 궁궐의 사대문을 나서면서 생로병사를 목격하는 모습(사문유관상四門遊觀相), 왕궁의 성벽을 넘어 출가하는 모습(유성출가상踰城出家相), 설산에서 수행하는 모습(설산수도상雪山修道相), 번뇌라는 마장을 이겨내는 모습(수하항마상樹下降魔相), 녹야원에서 처음으로 설법하는 모습(녹원전법상鹿苑轉法相), 쌍림에서 열반하는 모습(쌍림열반상雙林涅槃相)을 말한다. 이렇게 여덟 가지 극적인 인생 전환점을 중심으로 서술하는 방식으로 기술했다. 그런데 선종에서는 '설산출산상(雪山出山相)'을 더해 '구상록'을 만들었다. 그 이유는 이 모습에 선종적인 의미를 부여했기 때문이다. 다시 말하면 '붓다 선사'의 탄생인 것이다.

선사들은 기존 팔상록이 아니라 '설산출산상'에 적지 않은 의미를 부여했다. 보통 사람이 수행을 통해 깨달음을 얻은 뒤 다시 선사적인 방편을 갖추어 중생세계로 나아갔기 때문이다. 그래서 선가(禪家)에서는 출산(出山)에 관한 선시는 물론 '출산석가도(出山釋迦圖)'라는 선화(禪畵)까지 두루 등장한다.

남송 시대 선(禪) 화가인 양해(梁楷, 생몰연대 미상)가 그린 〈출산석가도(出山釋迦圖)〉(도쿄국립박물관 소장. 일본 국보)가 가장 압권이다. 깨달음을 얻은 석가가 설산을 나오는 모습은 세밀한 사실적 묘사는 말할 것도 없고, 내면의 심리까지 표현한 뛰어난 작품이다. 크기는 가로 50센티미터, 세로 1미터가 약간 넘는다. '어전도면(御前圖面)'이란 낙관이 찍혀 있는 것으로 미루어보건대 궁중 화원에서 그린 것으로 보인다. 양해는 남송 4대 임금 영종(寧宗, 1168~1224 재위)에게 화가로서 최고 벼슬인 대조(待詔)를 받았지만 그 증표로 하사받은 금대(金帶: 금띠)를 버려두고 표표히 궁궐을 떠나 산으로 갔다는 전설적인 인물인지라 그 뒤 '양풍자(梁風子: 바람 같은 양씨)'라는 별명까지 생겼다. 스승은 궁중 화가인 가사고(賈師古)인데, 제자는 그 스승마저 뛰어넘은 솜씨라는 평가를 받았다. 고려 공민왕과 조선 김홍도 역시 '석가출산상'을 그렸다고 하나 현재는 전하지 않는다.

서두의 출산송(出山頌)에서 보듯이 왕자의 신분일 때는 자태가 빼어났다. 그런 임금의 아들이 설산에서 고행을 했으니 얼굴도 까칠해질 수밖에 없다. 피부에는 때가 묻었고 머리카락에서는 잿가루[灰]까지 날렸다. 선가에서는 회두토면(灰頭土

面)이 바로 청정법신(淸淨法身)이라고 했다. 마지막 구절은 선종 특유의 역설적 반어법이다. 이 세상 모든 사람을 하나도 남김없이 내가 깨친 내용을 한 마디도 빼지 않고 끝까지 전달하겠다는 큰 뜻을 마지막까지 실천하겠다는 의미다. 역설적인 반어법을 액면 그대로 이해한다면 작가가 의도하는 본래 의미를 그르치기 마련이다.

음력 4월 8일은 아기 부처님이 이 세상에 오신 날이다. 설산출산일은 선사의 모습으로 다시 하산(下山)하신 날이라 하겠다.

# 따라비, 세 개의 오름이
# 모여 있는 곳에서

人動星芒來海國
인 동 성 망 래 해 국

馬生龍種入天閑
마 생 용 종 입 천 한

사람이 별빛을 움직이니 별이 바다에서 오고
말은 준마를 낳으니 천자의 마구간으로 가네.

권근(權近, 1352~1409)의 본관은 안동이며 호는 양촌(陽村)이다. 사서삼경에 밝고 문장이 뛰어난 것이 고려와 조선 두 왕조에 걸쳐 활약할 수 있는 바탕이었다. 조선 개국 초기에 외교 문서로 인한 갈등이 발생했다. 구관이 명관이다. 그가 문제 해결을 위해 압록강을 건넜다. 명(明)나라 태조(太祖)는 '간을 보기 위해' 한반도의 뛰어난 명승지에 대한 시를 지으라고 명했다. 그 때 주종(主從)이라는 외교적 수식어를 빠뜨리지 않고 쓴 24수 가운데 「탐라(耽羅: 제주)」라는 작품도 포함돼 있다.

이런저런 일로 어느 해 12월에는 제주도를 두 번씩이나 다녀 왔다. 섬에서 태어나 섬으로 출가한 토박이 스님이 뭍에서 온 도반 몇 명을 위해 '가장 제주도다운 곳'이라며 안내를 자청했다. '따라비 오름'은 세 개의 산언덕(오름)이 모여 있는 곳이다. 300여 개에 달하는 오름 대부분이 외오름이며, 쌍오름도 흔하지 않지만 세오름은 정말 귀하다는 말을 두어 번 반복했다. 외오름은 '혼족(1인)'에게 어울릴 것 같고 쌍오름은 남녀 두 사람이 함께 한다면 제격일 것이다. 세오름은 우리처럼 세 명 이상 '떼로' 찾아와야 할 것 같다.

입구의 말굽처럼 생긴 지형은 말[馬] 키우기에 최적지라고 했다. 넓은 초지에서 뛰놀던 말을 저녁이면 한곳으로 쉽게

모을 수 있는 천혜의 지형 덕분이다. 전쟁과 운송을 위한 필수 물자인 말을 중앙정부에 조달하는 일은 제주 목사의 중요한 소임이었다. '사람은 서울로 보내고 말은 제주도로 보내라'고 했지만 훌륭한 말은 탐라에서 한양으로 가기 마련이다. 오름 중간에서 낮은 현무암 담장이 둘러쳐진 무덤을 만났다. 키 작은 동자석 한 쌍이 무인석처럼 서 있고, 곁에는 봉분보다 높은 비석까지 갖춘 것으로 봐서 '준마를 임금[天子]에게 보냈던' 지방 관리가 누워 있을 것이라는 상상을 했다. 이 자리에서 바라보는 억새와 능선의 조화로운 아름다움은 '오름의 여왕'이라는 칭호가 아깝지 않다.

어느새 동짓달 짧은 해가 기울었다. '사람이 별빛을 움직여 별이 바다에서 온다'는 감성적인 시어가 어울리는 자리에 함께 앉았지만 각각 혼자서 저녁 바다를 보며 저물어가는 한 해의 아쉬움을 달랜다.

설날 아침 복을 여니
모든 것이 새롭구나


獨閱塵編過夜半
독 열 진 편 과 야 반
一燈分照兩年人
일 등 분 조 양 년 인


혼자서 먼지 낀 책을 읽으며 자정을 넘기려는데

동일한 등불이 지난해와 올해 사람을 나눠 비추네.

저자인 가정(稼亭) 이곡(李穀, 1298~1351) 선생은 고려와 중국 원(元)나라의 과거 시험에 모두 합격하고 두 나라에서 관료로 근무한 경력의 소유자다. 1336년 원나라 임금에게 상소문을 올려 고려에 부과된 처녀 공출 제도의 부당함을 알리고 이를 폐지토록 하는 데 크게 기여하였다. 현재 충남 서천 기산면에 무덤과 서원이 있으며 목은(牧隱) 이색(李穡, 1328~1396)이 그의 아들이다. '가정'이란 호(號)는 잠시 유배갔던 원주 북내면 가정리에서 비롯되었다.

이 시는 「제야독좌(除夜獨坐: 섣달 그믐밤에 홀로 앉아)」의 일부이다. 잠을 자지 않고 등불을 켠 채 한 해를 마감하고 새해를 맞아하는 모습이 눈앞에서 그대로 그려진다. 새롭게 시작하는 설날과 지나가는 섣달그믐을 연결하기 위해선 깨어 있어야 했다. 이를 수세(守歲)라고 한다. 방과 부엌, 대청, 헛간 등 온 집안을 환하게 불을 밝혀두는 풍습이다. 이 날 만약 잠을 잔다면 눈썹이 희어진다는 속설이 있을 정도로 누구든지 밤샘을 해야 했다. 선비답게 책을 읽으면서 동시에 무상(無常: 세월의 변화)과 무아(無我: 자신의 변화)의 흐름을 가만히 관조(觀照)하면서 지은 글이다.

홀로 그냥 앉아 있을 뿐인데 시간이 흐르면서 한순간에 모두가 새해라고 부르는 무상의 도리를 실감한다. 작년의 나와 올해의 나는 동일한 인물인데 작년 사람과 올해 사람으로 달리 불리는 무아의 경험도 하게 된다. 등불도 마찬가지다. 동일한 등불인데 한순간 작년 등불과 올해 등불로 바뀌면서 작년의 나와 올해의 나를 동시에 비춰준다는 사실도 알았다. 양변을 동시에 살피는 중도(中道)의 이치를 그대로 체현(體現)한 것이다.

> 구거신래하소희(舊去新來何所喜)
> 빈변첨득일경상(鬢邊添得一莖霜)

> 묵은해 가고 새해 온들 기뻐할 게 무언가?
> 귀밑머리 한 오라기 흰 터럭만 늘어나는데.

이곡 선생보다 약간 앞서 살았던 원감 충지(圓鑑冲止, 1226∼1292) 선사는 조계산 수선사(현재 순천 송광사) 제6세 국사이며 장원급제 이력을 가진 명문가 출신이다. 출가 전에는 나라의 사신으로 일본에 다녀오기도 했고, 출가 후에는 원나라 세조의 부탁을 받고서 연경(燕京: 북경)을 방문했다. 문장에 능한지라 『동문선(東文選)』에도 선사의 작품이 실려 있다. 설날을 맞이하여 열(悅) 선백(禪伯: 도를 갖춘 스님에 대한 존칭)에게 보낸 글

가운데 일부이다.

　한 해가 바뀌는 날이라고 해봐야 그것도 알고 보면 그날이 그날일 뿐이니 그저 무덤덤하게 맞이할 뿐이다. 다만 나에게 문제가 되는 것은 하얗게 바뀐 귀밑털의 숫자가 늘어나는 일이다. 그것이 변화라면 변화라고 하겠다. 어쨌거나 시간이 흘러간다는 것은 나의 모습을 변하게 한다는 무아의 이치에 방점을 찍었다.

　　유희원조몰의지(唯喜元朝沒意智)

　　세인기식개풍류(世人豈識箇風流)


　　새해 아침 이런저런 생각 없는 걸 기뻐하나니

　　세상 사람들은 어찌 이런 풍류를 알리오.


일본 임제종 중흥조인 백은 혜학(하쿠인 에카쿠白隱慧鶴, 1685~1768)의 스승인 정수 혜단(쇼주 에단正受慧端, 1642~1721) 선사도 설날을 그냥 지나가지 않고 한 마디 보탰다. 묵은해니 새해니 분별도 하지 않았으며, 머리카락이 희어지는 것을 보면서 시간의 흐름을 한탄하지도 않았다. 다만 이런저런 변화된 환경 속에서도 무심(無心)할 수 있는 경지를 확인하고는 스스로 기

뻔한다고나 할까.

　이런 무분별의 수행 경지를 즐기면서 혼자 새해 아침을 음미하는 것도 좋은 일이다. 하지만 대중이 모여 사는 곳은 또 다르다. 생각이 모두 같지 않기 때문이다. 그때는 평범한 이를 기준으로 해야 한다.

　그래서 송나라 오조 법연(五祖法演, 1024~1104) 선사는 새해 아침 대중들에게 이렇게 말했다.

　　　원정계조(元正啓祚)
　　　만물함신(萬物咸新)

　　　설날 아침에 복이 열리고
　　　온갖 것이 모두 새롭구나.

하지만 수행자는 설날이란 섣달그믐과 결코 나눌 수 없다는 이치도 같이 알아야 한다고 덧붙였다.

　　　시신야(是新耶)
　　　시구야(是舊耶)

그런데 새로운 것인가?

묵은 것인가?

하지만 섣달그믐은 섣달그믐이고 설날은 설날인지라 이를 다시 구별하면서 덕담을 아끼지 않았다.

복유존체기거만복(伏惟尊體起居萬福)

엎드려 바라건대 대중들의 존귀한 몸에 언제나 만복이 가득하길 빕니다.

어쨌거나 양력 설이건 음력 설이건 달력의 숫자는 모두 **빨간 날**이다. 그러므로 설날에는 새해니 묵은해니 하는 현학적인 논변은 잠시 접어두고 설날 그 자체로 축하와 덕담을 나누라는 당부로 알아들으면 될 일이다.

눈인지 매화인지 구별할 수 없으니

去年荊南梅似雪
거 년 형 남 매 사 설
今年薊北雪如梅
금 년 계 북 설 여 매

지난봄 형남에는 매화꽃이 하얗게 피어

눈처럼 보였는데

올봄 계북에는 눈이 소복이 쌓여

활짝 핀 매화송이 같구나.

당나라 장열(張說, 667~730)의 「유주신세작(幽州新歲作: 유주에서 새해를 맞으며 짓다)」이다. 작가는 낙양(뤄양洛陽) 출신으로 측천무후 당시 실시된 과거에서 장원급제했고 정쟁에 휘말려 유배와 복직을 경험했다. 뒷날 승상의 자리에 올라 당나라 최전성기를 이끌었으며 이후 하북(허베이河北)성 안찰사를 지냈다. 이 글이 수록된 『당시선(唐詩選)』은 명나라 이반룡(李攀龍)이 전 7권으로 편집한 것이다.

본문 속의 형남(징난荊南)은 호북(후베이湖北)성 형주(징저우荊州)이며, 계북(지베이薊北)은 호북성 유주(요저우幽州)다. 남북으로 멀리 떨어진 관계로 기온차가 현격했다. 지금 머무는 북방 군사기지인 천진(톈진天津)은 예전에 살았던 동정(둥팅洞庭)호 인근보다 훨씬 더 추운 곳이다. 추위 때문에 봄을 기다리는 마음이 더욱 간절한데 매화는 고사하고 또 춘설이 내린 것이다, 쩝. 하지만 그는 생각을 바꾸었다. 작년 봄의 매화와 올봄의 눈을 각각 만났지만 이를 동일 공간에서 중첩시키는 상상력을 발휘했다. 매화 속에서 눈을 생각하고, 눈 속에서 매화를 읽어낸 것이다. 결국 눈과 매화는 둘이 아니었다.

고려의 태고 보우(太古普愚, 1301~1382) 국사도 '설매불이(雪梅不二)' 경지를 보여주었다. 앞의 두 줄은 다섯 글자, 뒤의 두 줄은 여섯 글자를 이용해 시 한 편을 완성하는 파격적 형식

을 구사했다. 그리고 눈 내리는 풍광을 '편(片)'이라는 글자의
여섯 번 반복을 통해 그려냈다.

납설만공래(臘雪滿空來)
한매화정개(寒梅花正開)
편편편편편편(片片片片片片)
산매화진불변(散梅花眞不辨)


섣달 눈이 허공에 가득 내리는데
추위에도 매화꽃이 활짝 피었네.
흰 눈송이 조각조각 흩어져 날리니
눈인지 매화인지 분간하기 어렵네.

매화의 가장 큰 매력은 겨울과 봄을 동시에 안고 있는 꽃이라
는 점이다. 그래서 꽃이 눈과 함께 어우러질 때 최고로 친다.
눈 속에서 피기도 하지만 이미 피어 있는 꽃 위로 눈이 내리기
도 한다. 꽃도 봄을 잠시 잊고, 눈도 겨울을 잠시 망각하는 그
순간 비로소 최고의 설중매(雪中梅)는 탄생한다.

화장, 동쪽에서 바르고
서쪽에서 칠하는 것

東塗西抹任千般
동 도 서 말 임 천 반
爭似天眞本來樣
쟁 사 천 진 본 래 양

제 아무리 잘 다듬고 꾸밀지라도

어찌 천진스러운 본래 모습만 하겠는가.

종교계 영상 매체에서 출연 요청을 받았다. 약속 시간에 도착하니 먼저 분칠이 기다리고 있다. 익숙하지 않은 현실 앞에서 당황스럽긴 했지만 시키는 대로 고분고분 따랐다. 방송을 마친 뒤 화장실 거울에 비친 내 모습을 다시 보게 됐다. "생얼보다는 훨~ 낫네." 방영 후 여기저기서 '더 젊어 보인다'는 접대성(?) 문자가 날아온다. 젊은 것과 젊어 보이는 것은 다르다. 하기야 젊어질 수 없다면 젊어 보이기라도 해야겠다. 그래서 화장을 하나 보다.

출판 에디터와 피맛골에서 메밀면으로 점심을 함께 했다. 대화 소재는 얼마 전 경험한 '화장 사건'으로 옮겨갔다. 화장이 생활화된 직장 여성들을 만난 덕분에 바비 브라운(동명의 메이크업 아티스트가 설립한 미국의 화장품 브랜드)도 알게 됐고 탕웨이(湯唯) 일화도 들었다. 바비 브라운은 "아름다움이란 건강한 라이프 스타일과 건강한 내면에서 나온다."는 경영 철학과 자연스러운 것이 아름답다는 믿음이 반영된 신제품으로 화장품 시장 점유율을 높였다는 것이다. 한국에 정착한 중국 유명 여배우 탕웨이는 정샘물 선생의 자연스러운 화장법을 통해 다시 태어났다고 한다. 'before 정샘물 after' 모습이 인터넷에 떠다니는 유명사진이라고 전해 준다.

선인들은 여인네가 화장하는 것을 두고서 "동쪽에서 바

르고 서쪽에서 칠한다(東塗西抹)."라고 묘사했다. 그래서 천의
얼굴[任千般]이 된다. 여자의 변신은 무죄라고 했던가. 어디 외
형뿐이랴. 하루에도 수십 번 바뀌는 마음 상태에 따라 표정도
매번 바뀐다.

이 작품은 빼어난 문장력과 타고난 감수성을 지닌 고려 후기
의 대표적 선승 혜심(慧諶, 1178~1234) 국사의 글이다. 천진(天
眞) 화상에게 본인의 이름처럼 '천진스럽게 본래 모습대로 살
라'고 당부하며 써준 것이다. 사족을 붙인다면, 한시의 둘째
줄 '쟁사(爭似~)'는 "어찌 ~만 하겠는가."라고 해석한다.

## 당간지주

기와집 즐비할 때 절 입구 지켰는데
동네로 바뀌면서 안마당 차지했네

먼 나라의 고통이
나와 무관치 않은 까닭은

東澗水流西澗水
<small>동 간 수 류 서 윤 수</small>
南山雲起北山雲
<small>남 산 운 기 북 산 운</small>
前台花發後台見
<small>전 대 화 발 후 대 견</small>
上界鐘聲下界聞
<small>상 계 종 성 하 계 문</small>

동쪽의 계곡 물은 서쪽 시내로 흘러가고
남산에서 일어난 구름도 북산의 구름이 되네.
앞쪽 누대에 핀 꽃을 뒤쪽 누대에서 볼 수 있고
윗절에서 울리는 종소리 아랫마을에서 들을 수 있네.

당나라 시인 백거이(白居易, 772~846)가 지은 「기도광선사(寄韜
光禪: 도광 선사에게 보내다)」라는 선시의 일부이다. 시인은 하남
(허난河南)성 신정(新鄭)현 출신으로 호는 낙천(樂天)이며 향산
(香山) 거사 혹은 취음(醉吟) 선생으로 불리었다. 강소(장쑤江蘇)
성 항주(항저우杭州)의 자사(刺史)로 부임했을 때 인근의 사찰
과 암자에서 수행하던 작소 도림(鵲巢道林, ?~824) 선사와 도광
선사 등과 교유하면서 수행담(修行談)을 나누었다. 당신의 수
행력 역시 선사들의 열전인 『전등록』 권10에 등재될 만큼 만
만찮았다. 만년에는 낙양 인근에서 시와 술을 벗 삼아 지냈다.
시문을 모은 『백씨문집(白氏文集)』 75권을 남겼다

　도림 선사는 멀쩡한 선방을 두고서 나무 위에서 정진하
는 독특한 성격의 소유자였다. 그래서 '작소(鵲巢: 까치 집)'라는
별명까지 얻었다. 도림 선사에 관한 기록은 비교적 많이 남아
있지만 도광 선사는 『전등록』 권4 「도림 선사」 편에서 두 선사
간에 오고 간 날 선 문답 두어 마디 정도가 언급되고 있을 뿐이
다. 그 내용으로 미루어본다면 같은 지역 사회에서 살았지만
둘의 관계는 원만하지 못했음을 보여준다. 도광 선사는 촉(蜀:
사천성) 출신으로, 시를 잘 짓는다는 소문을 듣고서 백거이가
찾아가면서 벗이 되었다. 그와 주고받은 시문 몇 편과 주변 관
계 기록을 통해 도광 선사의 내면 세계를 헤아려 볼 수 있겠다.

3인이 등장하는 주요 무대는 항주 인근 영은산(靈隱山)이다.

오래전에 서안(시안西安. 옛 장안·산시성) 화청지(華淸池)를 찾았다. 본래 온천장으로 유명한 곳이라고 했다. 하지만 그것만으로 외지 사람까지 끌어모으기에는 역부족이다. 현종과 양귀비의 사랑이라는 스토리텔링이 더해진다. 그리고 거기에 백낙천의 「장한가(長恨歌)」라는 장문의 명시까지 입혀졌다. 장예모 감독이 제작한 밤중에 물 위에서 이루어지는 야외 공연은 덤이다. 이 네 가지가 어우러지면서 제대로 된 관광지가 될 수 있었다.

연못 주변에는 보란 듯이 「장한가」 전문을 널따랗게 새겨 두었다. '비익조(比翼鳥: 짝을 짓지 않으면 혼자서 날 수 없는 새)'와 대구를 이루면서 사이좋은 남녀를 의미하는 '연리지(連理枝: 두 나무줄기가 맞닿아 합해지면서 한 그루처럼 보이는 나무)'를 노래한 부분이 대중들에게 가장 잘 알려진 구절이다.

재천원작비익조(在天願作比翼鳥)
재지원위연리지(在地願爲連理枝)


하늘에서 만나면 비익조가 되기 원했고
땅에서 만난다면 연리지가 되기를 바랐지.

시인의 대중적 인기는 중원(中原)에서 그치지 않았다. 신라에서도 인기 작가로 대접받았다. 신라의 상인이 저자의 글을 구하기 위해 적지 않은 대가를 지불했고 재상 지위에 있는 고위 관료도 모든 노력을 아끼지 않고서야 시 한 편을 얻을 수 있었다고 했다. 그의 인기는 세대와 계급, 그리도 지역을 가리지 않았던 것이다. 그 방법은 간단했다. 시를 지을 때마다 글 모르는 어르신을 모셔다가 작품을 먼저 읽어주었다. 노친네가 고개를 갸웃거리면서 이해하지 못하겠다는 반응을 보이면 즉시 평이한 표현으로 수정했다. 고개를 끄덕이면 다음 문장으로 넘어갔다. 이렇게 첫 문장부터 끝 문장까지 항상 독자를 배려할 줄 아는 친절한 시인이기 때문이었다.

운문(雲門, 864~949) 선사는 이런 백낙천의 노력의 결과물인 짧은 시마저도 길다고 생각했는지 더욱 줄이고자 시도하였다. 도광 선사에게 보낸 시 가운데 "동쪽에 있는 계곡 물은 서쪽 시내로 흘러가고 남산에서 일어난 구름도 북산의 구름이 되네."라는 원문 14글자를 여덟 글자로 만들었다. 그리고 두 줄을 한 줄로 합했다. 긴 것보다는 짧은 것이 당신의 성정, 그리고 선종의 가풍에 잘 맞았기 때문이다. 구름은 말할 것도 없고 계곡 물 이미지도 그대로 살리면서 글자 수까지 줄이는 내공을 유감없이 발휘했다.

남산기운(南山起雲)

북산하우(北山下雨)

남산에 구름이 일어나니

북산에 비가 내리도다.


어쨌거나 백낙천은 네 줄의 시 속에서 '동서남북'과 '전후상하'라는 대구의 틀을 정확하게 유지했다. 그리하여 팔방에서 각각의 것들이 분리된 것이 아니라 서로 관계성 위에서 존재하고 있다는 사실을 아름다운 글로써 묘사했다. 계곡 물과 구름, 그리고 꽃향기와 종소리가 사방으로 퍼져나가고 이것이 서로에게 공유되는 참으로 평화로운 풍광을 노래했던 것이다.

하지만 이 세상은 결코 아름다운 관계만 있는 것은 아니다. 태평양 한복판에서 발생한 태풍이 동아시아 국가들을 휩쓸고 지나간다. 1주일 전부터 기상예보를 살피며 재난 대비를 해야 한다. 유럽에서 가장 많은 밀을 생산한다는 우크라이나에서 일어난 전쟁은 전세계를 식량 위기로 몰아넣었다. 러시아의 가스 생산량 조절은 유럽 지역의 추운 겨울이 더 추워질 것이라고 여름부터 경고장을 날리고 있다. 어쩌다 보니 설사 나쁜 관계가 되었을지라도 좋은 관계로 만들기 위한 노력마

저 게을리한다면 결국 모두가 함께 힘들어진다는 것은 그동안 경험치가 증명해 준다. 관계성 회복이 시대의 화두로 등장했다.

아주 오래된 시에서 찾아낸 삶의 해답

혼자라도 걱정않는 삶

ⓒ 원철, 2024

2024년 1월 26일 초판 1쇄 발행
2024년 4월 15일 초판 2쇄 발행

지은이 원철
발행인 박상근(至弘) • 편집인 류지호 • 상무이사 김상기 • 편집이사 양동민
책임편집 김소영 • 편집 김재호, 양민호, 최호승, 하다해, 정유리 • 디자인 쿠담디자인
제작 김명환 • 마케팅 김대현, 김선주, 이선호 • 관리 윤정안
콘텐츠국 유권준, 정승채, 김희준
펴낸 곳 불광출판사 (03169) 서울시 종로구 사직로10길 17 인왕빌딩 301호
　　　　대표전화 02) 420-3200 편집부 02) 420-3300 팩시밀리 02) 420-3400
　　　　출판등록 제300-2009-130호(1979. 10. 10.)

ISBN 979-11-93454-38-1 (03810)

값 18,000원